PROFESSION DE FOI

DES

POËTES A LA MODE,

NOUVELLE ÉDITION,

REVUE ET CORRIGÉE ;

Suivie de quelques OPUSCULES *de l'Auteur ;*

PAR M. MUS.

A BORDEAUX,

CHEZ LAWALLE JEUNE, IMPRIMEUR-LIBRAIRE,
ALLÉES DE TOURNY, N'. 20.

———

M. DGCC XII.

~~~~~~

AVERTISSEMENT.

—

« *Nul n'aura de l'esprit, hors nous et*
» *nos amis* ».

Cette vieille devise est l'enseigne des Poëtes à la mode. Colorés du doux incarnat de la modestie, ils s'emparent de tous les rangs sur le double mont, où ils brillent....... comme chacun le sait.

On se dit : « Sur quoi donc leurs prétentions » sont elles fondées ! Quel est leur esprit ? » ---Celui de *Ronsard* , leur vieux et ridicule monarque, qui, après *Bacchus*, est leur divin inspirateur. Comme lui, ils

« Règlent tout, brouillent tout, font un art à leur mode ».
(BOILEAU).

Ils ressuscitent le Dithyrambe : ils s'emparent de l'Ode pour débiter les plus folles extravagances, décousues, gigantesques, vides de sens.

Elégamment costumés, damerets s'il en fut, décorés du titre de bel esprit, bornant là leur ambition, et se dispensant de l'étude : parasites littéraires, parasites aux festins, aux dîners, aux soupers, ils sont experts en *impromptus*, en calembourgs, en dissertations gastronomiques : Ils sont charmans ! Ils sont à la mode !

Tant qu'il leur plaira. Mais qu'ils ne viennent pas nous régaler de leurs chefs-d'œuvres faméliques, indigestes. L'impatience qu'ils

m'ont donnée a fait éclore de mon génie obs-
cur et plus que médiocre, *la Profession de foi
des Poëtes à la mode.*

« Ho ! ho ! un Provincial ! et vîte, drapons
» cet insolent ! » — Un de leurs coryphées ,
collaborateur-feuilletoniste, s'empare de l'ouvrage. Quel triomphe ! Dans un écrit de deux
cents vers , il trouve *deux* vers incorrects ,
outrepassant la mesure , échappés dans la
chaleur de la composition. O doux plaisir !
Vengeance ! trois fois vengeance !

Franc et loyal , l'*Aristarque* prend la plume,
ment à sa conscience : pénétré de respect pour
ses lecteurs , il se démène en tout sens pour
bien convaincre ceux-ci que l'ouvrage four-
mille de fautes semblables. Il se pavane , se
dilate ; il s'étend en digressions futiles, in-
cohérentes : supprimez-les , il ne reste qu'à
peu près rien. Il a l'honnêteté d'apostropher

deux Sociétés littéraires , respectables , qui n'avaient que faire-là , mais qui savent départir aux Thersites la mesure d'estime qui leur est due. Il joue sur les mots, croyant que ce n'est pas ridicule ; sur les noms propres , prenant cela pour de la décence : et se couronnant de la gloire des Pasquins , il s'enveloppe bravement du manteau de l'anonyme. Honneur à lui pour ce beau procédé. Je n'ai nommé , désigné personne. Je me suis nommé , je le devais. Tout agresseur qui se cache, montre la passion, la partialité, l'injustice qui l'animent.

Je les ai donc supprimés , ces deux vers tant fameux ! Ils sont remplacés dans cette nouvelle édition, corrigée en d'autres endroits. J'ajoute à la *Profession de foi des Poëtes à la mode* , quelques-uns de mes opuscules , pris sans choix dans mon porte-feuille. Je ne sais s'ils sont dignes d'être offerts aux jugemens de l'impartialité et aux sarcasmes de la satire.

Pour l'honneur de la littérature, il existe des Journalistes respectables ; mais il en est d'une espèce telle, que les personnes qui prennent pour vraies et irréfragables leurs décisions, s'abusent étrangement. Ces Juges et leurs suppléans (quels Juges et quel tribunal !), ne rougissent pas, afin de grossir les produits de leur métier, de se livrer à des bouffonneries, à des mensonges faits pour amuser gens qui leur ressemblent, et exciter le rire des sots. Les Lecteurs honnêtes et judicieux savent le cas que l'on doit faire de critiques qui, dans des occasions comme celle-ci, se proclament les apôtres et les Don-Quichottes de la subversion des principes, et de la corruption du goût.

Quelque jour il pourrait bien me venir en fantaisie de faire leur portrait, sans omettre les accessoires, la vapeur, ou plutôt les exha-

laisons marécageuses, *item* le vernis, la bor-
dure. Mais de quels traits d'ombre, de lumière,
de quel coloris pourrait-on user pour faire
ressortir des personnages qui paralyseraient
toute dignité, toute noblesse d'expression ?
Non, je ne ferai pas leur portrait.

Déférence, respect, admiration aux Poëtes
véritablement dignes de ce nom, et qui certes
ne sont point Poëtes à la mode. Ils n'ont pas
besoin de léguer leurs vers à la postérité,
qui, d'avance, se glorifie d'un aussi noble et
précieux héritage.

————

N. B. Quoique toujours membre de l'Athénée, je ne me
décore plus de ce titre honorable, dans la vue de ne pas causer
de nouveau des provocations toutes gratuites, indécemment
gratuites, comme cela vient d'avoir lieu à l'égard de cette res-
pectable Société, et tout aussitôt (car d'une insolence il est si
commun de passer à une autre!) à l'égard d'une Académie, la
plus ancienne de la France. Navré, affligé plus que je ne l'ai
été et ne le serai jamais, j'ai offert ma démission à l'Athénée,
qui a eu l'extrême générosité de ne pas l'accepter. Quant à ce
qui me concerne, les bouffons et les menteurs peuvent compter
que je leur accorde tout le mépris qui leur est dû.

————

PROFESSION DE FOI

DES

POËTES A LA MODE.

—

VIVE la bonne chère et ses charmans plaisirs !
Elle nous rend heureux au gré de nos désirs.
A présent c'est le ton, le grand ton dans la France,
De vivre pour manger, et de faire bombance.
La science vaut-elle un excellent pâté ?
Non, elle est triste et sèche, et nuit à la santé.
Avoir un beau cheval, et maîtresse jolie,
Être passionné pour la gastronomie,
Emprunter, point payer, bannir toute pudeur,
Oh ! c'est le vrai moyen de jouir du bonheur !
Il faut un passe-temps... Nous avons la manie
D'acquérir un renom par notre poésie.

Du sommet du Parnasse, Apollon culbuté,
N'a plus le droit divin de monter notre lyre :
Son pouvoir décrépit, tombe de vétusté,
Et c'est le dieu Bacchus qui lui seul nous inspire.
Vous savez comme il fut accueilli par Midas,
Comme il récompensa de ce roi les largesses.
Pour prix de notre culte, il donne mille appas

Aux traits de notre esprit comblé de ses richesses.
Voulons-nous parvenir à la sublimité ,
Et donner à nos vers une éternelle vie ?
Nous sablons le tokai , les liqueurs , l'eau-de-vie.
Notre muse enivrée éclate de beauté.
Le fougueux dithyrambe enflamme notre verve.
Nous le ressuscitons, en dépit de Minerve (*).
Athlètes vigoureux , par un terrible effort ,
Vivement nous allons de plus fort en plus fort,
Les élans furieux , fruits de notre science ,
Font briller notre plume , et sa rare éloquence.
Fi des transitions ! les écarts , dans nos vers ,
Vont par sauts et par bonds étonner l'univers.
Tel est le pindarisme ; oui , tel est le délire
Qui fait le grand Poëte , et signale sa lyre.

S'AGIT-IL de parler du plus mince sujet ,
D'un atome , d'un fat, d'une folle coquette ,
D'un simple événement, ou d'un frivol objet ?
Alors nous embouchons l'héroïque trompette ;
Nous portons nos regards sur la voûte des cieux.
Invoquant ton secours , ô divine Uranie !
Largement nous peignons et le palais des dieux ,
Et des astres divers la pompeuse harmonie.
Nous citons Galilée , et Newton et Kepler :

(*) Minerve , les Muses , c'est-à-dire , la raison , le bon goût,
les Grâces , avaient proscrit ce genre monstrueux. Enfanté par
l'ivresse délirante , il fut consacré à Bacchus. Les Grecs s'en
dégoûtèrent : il fut dédaigné par les Latins. En France , on le
rejeta à la vue des essais de Ronsard. (*Voyez l'Encyclopédie* , au
mot Dithyrambe).

Nous vantons la hauteur de leur hardi génie,
Leur vol resplendissant aux plaines de l'Ether.
Nous célébrons ton nom et ta docte magie,
Franklin, homme étonnant, dont la philosophie
Eclaira nos esprits, et planant dans les cieux,
Arracha le tonnerre au souverain des dieux.

DESCENDUS, haletans, jusques au météore,
Nous décrivons l'Iris, la boréale aurore,
Tous les vents déchaînés, le ciel noir, nébuleux,
Et la pluie, et la grêle, une horrible tempête,
La foudre, les éclairs, menaçant notre tête;
Dans les flancs de la terre un tremblement affreux.
Alors, tout essoufflés, rentrant dans notre tâche,
Nous traitons du sujet où ceci se rattache :
Tout futile qu'il soit, notre but se remplit :
Nous voulions du ronflant : notre vœu s'accomplit.

NAGUÈRES l'un de nous perdit un chien de race,
Tel qu'on en trouve peu dans le terrestre espace.
Non, non, le chien d'Ulysse, et tous autres vantés,
N'eurent tant de vertus, tant de rares beautés.
Le Poëte, exhalant sa profonde tristesse,
Exprime, par ces vers, la douleur qui l'oppresse :
« Amour! cruel tyran des mortels et des dieux!
» Et toi, Vénus, et toi, déesse redoutable!
» Venez de vos fureurs voir les traits désastreux!
» Venez de vos poisons voir l'effet détestable!
» Ciel quel événement! sort fatal! triste jour!
» *Castor!*... Il est sans vie, et sanglant sur la paille!
» Brave comme un César, au fort de la bataille,
» Il est mort plein de gloire, et bouillonnant d'amour!

» *Bellone !...* illustre chienne ! il te trouva si belle ;
» Qu'il expira pour toi !... Lui seras-tu fidelle ?
» Hélas ! oublîrais-tu ce cœur fier, généreux,
» Victime de l'amour, et mort pour tes beaux yeux » ?

ÇA parlons de l'amour... ô trop faible nature !
Tu ne l'inspire pas brûlant à notre gré.
Que faire ? — Des démons évoquer l'imposture,
Prestige, chez les Grecs, de tout temps révéré.
Implorant le secours de Circé, de Médée,
D'Armide et des esprits, dont la troupe est sacrée ;
Nous prodiguons l'encens, voluptueux mortels,
Et, nous en parfumions leurs magiques autels.
Là, dans un noir secret, maints et maints sacrifices,
Nous valent à foison les plus doux bénéfices,
Des philtres amoureux !... et nos heureux efforts
Nous mettent chaudement le diable dans le corps.
Lors, favoris du dieu qui règne dans Cythère,
Et de notre génie exerçant les ressorts,
Nous faisons des couplets, piquans comme l'eau claire,
Feux-follets si légers, que leur vie éphémère
Passe comme un zéphir, morts aussitôt que nés.
Personne ne vous plaint, petits infortunés !

EXPERTS en tous les points, le naïf apologue ;
L'idylle, l'épigramme, et le doux madrigal,
Sont bien pour nous un jeu, mais très-peu capital ;
Peu fait pour illustrer notre éclatante vogue.

L'ODE...., genre divin !....; ah ! voilà notre fort !
Au vrai, c'est de notre art le plus sublime effort...
C'est-là que nous faisons de nobles incartades !

Artificiers fameux, par maintes pétarades;
Par gerbes, moulinets, soleils fixes, tournans,
Précédés, terminés par brillantes fusées,
Nous faisons des éclats, des coups-d'œil étonnans.
Avant nous l'on ne fit que des billevesées.
O vous, Pindare, Horace, et toi, petit Rousseau,
Vous n'êtes plus que nains, gisans le bec dans l'eau.

Pour le poëme épique, il est plus d'un Homère;
Il est plus d'un Virgile au sein de nos cités.
Ah! vraiment près de nous, qu'est-ce donc que Voltaire?
Eh! quoi, n'avons-nous point des modèles cités,
Brebeuf et Scudéri, Lucain et compagnie?
Enflammés par le feu de leur divin génie,
Resplendissans de gloire, après avoir chanté,
Nous irons au galop à l'immortalité.

Pour nous la tragédie est chose très-facile.
Pouvant plier à tout notre muse docile,
Nous saurons supplanter ce gaulois radoteur,
Ce Corneille.... si vieux!....Son style est d'un rhéteur;
Et, fi! du langoureux, du trop fade Racine!
Dédaignant Aristote et sa fausse doctrine,
Nous aurons chez l'Anglais, le secret merveilleux,
D'enivrer de fureurs les héros et les dieux.
Oui, leurs convulsions horribles et brutales,
Seront, pour tous acteurs, terribles et fatales :
Oui, tous expireront le poignard dans le sein,
Innocens, vertueux, ou scélérats sans frein,
Grimaçant de la mort les angoisses affreuses.
Par imitation pour nous des plus heureuses,

L'action durera plus de vingt ou trente ans ;
Nous coulerons à fond les règles des pédans (*).

QUANT à la comédie, en vérité Molière
N'y fit souvent parler que le plus bas vulgaire.
Il a, si vous voulez, fait voir d'un harpagon
La sordide manie ; et, sur un autre ton,
Il a montré quelque art dans son faux Misanthrope.
Mais tous ses partisans, armés d'un télescope,
Le prônent gauchement, et, soit dit entre-nous,
Sa gloire est un phosphore : on en est peu jaloux.
Peut-on citer de lui toutes ces gentillesses,
Ces jeux de mots plaisans, pleins de délicatesses,
L'art de faire briller le si charmant concours
De la fine équivoque, et de nos calembourgs ?
A nous seuls appartient l'invention fameuse
De ce genre nouveau, fait pour nous illustrer.

(*) Ces pédans sont, Aristote, Horace, Vida, Boileau. Autre pédant, M. de Buffon : « Rien n'est plus opposé au beau na-
» turel (dit-il dans son discours à l'Académie) que la peine
» qu'on se donne pour exprimer des choses ordinaires. On com-
» mence d'une manière singulière ou pompeuse : rien ne dégrade
» plus l'écrivain. Loin de l'admirer, on le plaint d'avoir passé
» tant de temps à faire de nouvelles combinaisons de syllabes,
» pour ne rien dire que ce que tout le monde dit. Ce défaut est
» celui des esprits stériles : ils ont des mots en abondance, point
» d'idées. Ils travaillent donc sur des mots, et s'imaginent avoir
» combiné des idées, parce qu'ils ont arrangé des phrases, et
» avoir épuré le langage, quand ils l'ont corrompu en détour-
» nant les acceptions. Ces écrivains n'ont point de style, ou,
» si l'on veut, ils n'en ont que l'ombre. Le style doit graver des
» pensées : ils ne savent que tracer des paroles ».

Molière eut-il jamais idée autant heureuse ?
Dans ce qu'il a produit, pourrait-on le montrer ?

Nous fabriquons du neuf, et de grands tours de force.
A débiter du stras chacun de nous s'efforce.
Le clinquant, l'antithèse, enchâssés à propos,
Fourmillent dans nos vers, et charment les échos.
Ces pompons si brillans, à l'égal de nos modes,
Méritent les bravo du fond des antipodes ;
Merveilleux cliquetis, qui raviraient les dieux,
Si, portés en ballons, ils allaient jusqu'aux cieux.

C'est nous qui ramenons, de la littérature,
L'éblouissant éclat, la grâce aimable et pure....
Et nous la soutiendrons !... Quoi ! de chagrins auteurs
Oseraient nous tancer, être nos détracteurs !
Nous verrions contre nous, paraître à la traverse,
Un fougueux Juvénal, un autre ours comme Perse !
Un Gilbert, un Despaze, héritiers de Boileau,
Qui nous donnent la fièvre et transport au cerveau !
O monstres ! loin de nous vos barbares critiques,
Sachez que nous formons de redoutables cliques,
Qui menacent vos jours !..... Nous serons vos bourreaux,
Zoïles effrontés, mordicans Despréaux !
Ah ! plusieurs d'entre vous, maudite et noire engeance,
Ont senti, sentiront notre juste vengeance !
Autre temps, autres mœurs : par un heureux complot,
Nous avons résolu, sachez-en le fin mot,
De vous assassiner par duels, coups de cannes :
L'esprit succombera sous le sabre d'un sot.
Nous vous rendrons muets, satiriques profânes !
Nous aurons le champ libre ! et, fiers triomphateurs,

Nous serons vos tyrans , et ceux de vos fauteurs ?
Oui , nous affermirons notre éclatant empire !
Nul n'osera parler , encor moins contredire.
Nos lois et notre exemple , auront, dans l'avenir ,
La force et la vertu de toujours prévenir
Le retour de ce goût que notre règne abjure ,
Celui de n'imiter que la simple nature ,
D'être vrai sans effort , et de n'aimer le beau
Que tel que le conçut ce bizarre Boileau.

ILLUSTRES descendans ! ô vous , race future !
Vous recevrez de nous , de notre source pure ;
Les vrais secrets de l'art, les talens , le bon goût.
Par nous vous brillerez , et vous aurez sur-tout ,
Constans dans vos efforts , secondés du génie ;
Le bonheur d'extirper le faux , la barbarie.

DIEUX ! soyez-en témoins.... Fastes de l'univers,
Célébrez à jamais notre cœur magnanime ! !....
A la POSTÉRITÉ , par un élan sublime ,
Nous léguons , sans retour , notre gloire et nos vers ! ! !..

Fin de la Profession de foi.

DIVERS OPUSCULES

DE L'AUTEUR,

DÉDIÉS

A Mr. ALEX^{dre}. DE LA VILLE.

2

ÉPÎTRE DÉDICATOIRE

A MONSIEUR

ALEX^{dre}. DE LA VILLE.

En t'offrant mon labeur , Poëte aimé des dieux ,
Je cherche ton appui , ton ombre salutaire.
Tel on voit s'attacher l'humble et débile lierre
Au chêne , dont le front s'élève jusqu'aux cieux ,
Pour braver et le temps et les coups du tonnerre.

LA VILLE , devant toi brille un vaste horison ,
Eclatant des rayons du dieu de la lumière.
Jeune amant des neuf sœurs , favori d'Apollon ,
Tu parcours , à grands pas , une noble carrière.
Tel Arouet parut comme un astre nouveau ,
Comme un autre Sophocle , alors que , sur la scène ,
Saisissant et le sceptre et l'art de Melpomène ,
Des longs malheurs d'Œdipe il peignit le tableau.
Déjà , par tes succès , dont la France s'honore ,
L'empire voit en toi le digne successeur
De ces brillans esprits qu'un siècle voit éclore ,
Et que le temps avare enfante avec lenteur.
Poursuis , tu répondras à cette illustre attente.
Oui , la gloire t'enflamme , et dans ton ame ardente ,

Brûle le feu divin ; d'où naissent ces écrits ,.
Que l'on voit au Parnasse avoir les premiers prix.
Se traînant sur tes pas , l'infâme et noire envie ,
Dardera son venin sur le cours de ta vie.
Un grand cœur la dédaigne , et, ferme en ses travaux ,
Oppose à ses clameurs des chefs-d'œuvres nouveaux.
Ainsi tu recevras, des filles de mémoire ,
Le secret noble et sûr d'obtenir la victoire.
L'agile Renommée , accessible à tes vœux ,
Célébrera ton nom chez nos derniers neveux.

Au déclin de mes ans , je vois de ton aurore
Reluire les rayons purs et majestueux.
Je dis à Jupiter : « O souverain des cieux !
» O daigne m'accorder le bien de vivre encore ,
» Pour avoir la douceur , objet de tous mes vœux ,
» De sentir, d'admirer les succès et la gloire
» De ce jeune Euripide inspiré par les dieux !
» De ses productions qu'illustrera l'histoire ,
» J'aurai vu la sublime et touchante beauté.
» Alors j'aurai vécu : lors , fermant la paupière ,
» Heureux je descendrai, terminant ma carrière ,
» Au sein du noir empire et de l'éternité ».

ODE.

—

HOMMAGE A LA DIVINITÉ.

ÉLOGE D'UN HÉROS.

—

De nos chants solennels que les airs retentissent !
Rendons au roi des rois un éclatant honneur !
Que la harpe, la lyre aux voix se réunissent !
Célébrons l'Éternel, ses bienfaits, sa grandeur !

Adorons ce Dieu fort, ce divin architecte,
Qui créa l'univers et nous donna le jour,
Qui, depuis l'éléphant jusqu'au plus vil insecte,
Etonne nos regards, excite notre amour !

Il lança le soleil éclatant de lumière,
Et d'un bras immortel le fixa dans les airs.
Aux planettes il dit : « Roulez dans votre sphère » ;
Aux constellations : « Brillez dans l'univers ».

Il montra son pouvoir, sa sagesse infinie,
En plaçant les ressorts qui font mouvoir les cieux.
Du doigt il dirigea leur auguste harmonie,
Et sa loi fit marcher leur ensemble pompeux.

Terre ! tes fondemens , ta rondeur , ta surface,
Sont l'œuvre du Très-haut , l'auteur de tes saisons.
Il ordonna ta course : il assigna ta place ,
Et fixa , sans retour , tes révolutions.

Il créa du soleil l'ardeur vivifiante ,
Pour féconder ton sein , faire mûrir tes fruits.
Il fit sur toi reluire une clarté touchante ,
Par le disque argenté de la reine des nuits.

Qu'ils sont grands les trésors , où sa munificence
Puise éternellement ses immenses bienfaits !
Il les répand sur nous avec magnificence ,
Sans cesse reproduits , ne tarissant jamais.

L'agréable printemps , du haut de l'emp   r
Descend vers nos climats sur l'aîle des zéphirs,
Ramène les beaux jours , la chaleur tempérée,
La riante espérance et les plus purs plaisirs.

Les régions de l'air par lui sont épurées :
Tout renaît : les oiseaux célèbrent leurs amours :
Les champs sont ravivés par de douces rosées,
Et les fleurs font briller leurs grâces , leurs atours.

L'été paraît : ses feux , embrâsant l'atmosphère,
Font circuler les sucs des divers végétaux,
Mûrissent les moissons , enrichissent la terre ;
Fécondent les vergers , les vallons , les coteaux.

Automne libérale ! ô source d'opulence !
Dans tes dons somptueux quelle diversité !
Quels biens nous recueillons dans ta riche abondance !
Comme ils montrent du ciel l'éclatante bonté !

Qu'ils sont vifs et perçans , les traits de ta froidure ,
Sombre hiver dont le cours attriste nos climats !
Mais qu'ils sont bienfaisans ! non, sans toi, la nature ,
Faible , perdrait le nerf qui naît de tes frimats.

Ainsi , le roi des cieux, le dieu de bienfaisance ,
Fait germer , fait éclore en tout temps , en tous lieux ,
Les biens qui des mortels assurent l'existence ,
Constamment attentif à combler tous nos vœux.

Grand Dieu ! nous admirons ta suprême puissance ,
Et nous rendons hommage à ta divinité.
Mais comment te prouver notre reconnaissance ?
Hélas ! que sommes-nous près de ta majesté ?

Ah ! puissent nos concerts, Seigneur, t'être agréables !
Que nos parfums vers toi s'élèvent chaque jour !
Vois d'un œil de bonté les plaisirs ineffables ,
Dont jouissent nos cœurs brûlans de ton amour !

Les impies ont dit , dans leur folle science :
« C'est l'aveugle hasard qui forma l'univers :
» Il n'exista jamais ni dieu ni providence :
» La vertu n'est qu'un mot ; l'homme naquit pervers (*) ».

(*) Lucrèce , Hobbes , etc.

Oui, pour vous étourdir sur l'excès de vos vices,
Cruels! vous ourdissez ces coupables erreurs.
Croyez-vous donc convaincre au gré de vos caprices,
Lorsqu'on ne voit en vous, ni foi, ni loi, ni mœurs?

Blasphémateurs affreux, indignes du nom d'hommes!
Vos systèmes ne sont que de vains jeux d'enfant.
Qu'êtes-vous devant Dieu? — Des ombres, des fantômes
Qu'il plonge dans l'abîme et l'horreur du néant.

Tel ce Dieu tout puissant, poursuivant les nuages,
D'un souffle les disperse : il affranchit les airs
De ces amas impurs de vapeurs et d'orages,
En sillonnant les cieux de foudres et d'éclairs.

Grand Dieu, dominateur des maîtres de la terre,
Daigne les inspirer, et faire qu'à jamais
Ils puissent abhorrer la discorde et la guerre!
Donne-leur le désir de l'éternelle paix!

Hélas nous jouirions de ce bien désirable,
Sans le vil intérêt, l'oprobre des humains.
Désastreuse Albion! ô nation coupable!
C'est lui qui dans le sang te fait plonger les mains.

Trop long-temps tes desseins, tes trames homicides
Ont dépeuplé la terre, ont trahi les états.
Quelle fourbe odieuse! et quels traités perfides!
Il est un dieu vengeur d'aussi noirs attentats!

Tu braves Scipion !.... Souviens-toi de Carthage;
Souviens-toi de son sort, l'effroi de l'univers.
Ses crimes sont les tiens ; sa furie est ta rage.
Quels furent ses complots ?.... Les tiens sont plus pervers !

Du grand NAPOLÉON, les hautes destinées,
Feront subir le joug à tes tyrans altiers.
Leur chûte augmentera les glorieux trophées
Qui feront reverdir ses immortels lauriers.

Ses braves bataillons, favoris de la gloire,
Accourent aux accens de sa puissante voix,
Renversent l'ennemi, remportent la victoire,
Subjuguent les états, et commandent aux rois.

Il a brisé l'effort des peuples téméraires,
Dont l'aveugle fureur provoqua ses exploits.
Il les a circonscrits dans d'étroites frontières,
Et leur a fait subir ses imposantes lois.

Il est du monde entier l'honneur et l'espérance :
Le globe attend de lui les douceurs de la paix.
Son redoutable nom, ses vertus, sa vaillance,
Sont les garans certains de ce noble bienfait.

Magnanime héros ! les filles de mémoire
Feront voler ton nom à l'immortalité ;
Et tes fils régneront, resplendissans de gloire,
Pour combler le bonheur de la postérité.

ÉPÎTRE A M^R. DE L***,

COLONEL D'INFANTERIE ,

A l'occasion de son Élégie sur la mort de mad^{lle}.
*Rose de L***, sa fille, décédée à l'âge de 16 ans.*

Du Dieu qui nous forma , la suprême sagesse ;
Fixa , de nos destins , l'irrévocable cours.
L'homme au sein des plaisirs , enivré d'alégresse ;
Doit-il se croire heureux , peut-il l'être toujours ?
Non , les ris et les pleurs , tour–à–tour se succèdent :
Aujourd'hui le bonheur , demain l'adversité.
Pour un instant de joie et de félicité ,
Hélas ! que de soucis , de chagrins nous obsèdent !
Tel est donc notre sort : ainsi le veut le ciel.
Le sage souffre en paix , sans murmure , sans fiel :
Recevant , prosterné , les biens que Dieu dispense ;
Il adore , il jouit , plein de reconnaissance.

O père infortuné , courbé sous le malheur ;
Qu'avec juste raison tu regrettes ta fille ,
Rose aimable et charmante , honneur de ta famille ;

Objet de ton amour ; moissonné dans sa fleur !
Les talens, la beauté, sa touchante innocence ;
Donnaient un vif éclat à son adolescence :
Les grâces, les amours, et les vertus en deuil,
De larmes et de fleurs ont couvert son cercueil.
Père trop malheureux, abreuvé d'amertume,
Pleures, tu dois pleurer la fille de ton cœur !
Je partage tes maux, regrettant que ma plume
Ne puisse, en traits de feu, te peindre ma douleur.

MAIS faut-il se livrer au désespoir, aux plaintes ?
Devons-nous provoquer la mort, l'horrible mort ?
Non, se soumettre au ciel, à ses volontés saintes,
C'est surmonter l'orage et cingler jusqu'au port.

ÉPOUX sensible et bon, tendre ami, tendre père,
Repaîs-toi des plaisirs de l'homme vertueux.
Consens enfin à vivre, et fournis ta carrière,
Sûr d'être heureux toi-même en faisant des heureux :

ET si le souvenir de ta charmante ROSE
Vient attrister tes jours, s'il vient froisser ton cœur ;
Songes qu'au sein de Dieu sa belle ame repose,
Pour jouir à jamais du céleste bonheur.

ÉPÎTRE

AU NOM ET PAR PROCURATION

DES

POËTES A LA MODE,

A Mr. CAILLAU,

Docteur en médecine à Bordeaux.

Monsieur l'accapareur, nous voudrions connaître
Vos discours et ces vers qui font un si grand bruit.
Quoi donc !... on les couronne !.. Il pourrait très-bien être
Qu'un affreux sortilège au diable vous unit.
Votre char triomphal nous donne mal de tête :
En nous éclaboussant, croyez-vous être honnête ?
Faut-il le croire ? On dit que votre luth se plaît
A rendre de ces sons dont la mode est passée.
Ah ! dieu quelle anticaille !... Ah! fi donc que c'est laid !
Autrement aujourd'hui l'on chante sa pensée.
Admirez , méditez nos chefs-d'œuvres fameux ,
Si dignes de l'honneur d'être mis sous vos yeux.
Vous y verrez du neuf et de grands tours de force.
A lancer des petards chacun de nous s'efforce.
Le clinquant , l'antithèse, et mille jeux de mots ,
Eclatent dans nos vers , et charment les échos.

Ces pompons si brillans , comme le sont nos modes ;
Vous feraient revenir du fond des antipodes :
Vous y restez tapi : c'est dommage , entre-nous.
Quoi ! de nous imiter n'êtes-vous point jaloux ?

Vraiment , monsieur l'auteur , expert en médecine ;
On dit que votre ton singe un peu le Racine :
Que , par le jeu subtil d'insensibles anneaux ,
Tous vos vers , bien liés , sentent le Despréaux.
Tel que l'auteur d'Esther , tout en vous ne respire
Que sensibilité touchant presque au délire.
Vous vous donnez les airs d'être le protecteur ,
Et l'ami des enfans , leur tendre bienfaiteur (*).
Vous ne vous bornez pas , en traitant les malades ;
A leur faire avaler des bols , des marmelades.
On vous voit , nous dit-on , aimant l'humanité ,
Prôner et pratiquer la douceur , la bonté ;
Montrer aux moribonds , intérêt , complaisance ;
Vous distinguer sur-tout par votre bienveillance ;
Pénétrer le secret des chagrins , des terreurs ,
Que vous savez chasser ainsi que les vapeurs.
Dans tous vos procédés , constans, pleins de noblesse ,
Brillent et la science et la délicatesse.
Vous avez le grand art des consolations ,
Art qui vous fait combler de bénédictions.
Sachant que notre mort , par un décret suprême ,
Arrive tôt ou tard , et n'est point un problême ;
Ami du genre humain , pour nous , pour nos neveux ,
Vous écrivez en prose , en vers harmonieux.

(*) Mr. Caillau a écrit sur la médecine infantile.

Ainsi vous déployez votre savant système,
Et ces vertus qu'en vous on respecte et l'on aime;
Parlant religion vous êtes tout de feu :
Bien plus, vous l'inspirez, croyant qu'il est un Dieu;

Mais nous sommes vengés. Notre tant bonne amie,
Monstre louche et hideux, l'abominable envie,
Excite contre vous ses dogues furieux,
Animaux affamés, aboyeurs odieux,
Qui vont semant partout leur bave venimeuse,
Pour salir, outrager vos succès glorieux.

Il est des routiniers, race vaine, orgueilleuse,
Très-vide de savoir, pleinement envieuse,
Esculapes falots, élèves d'un barbier.

Armés d'un vain babil, d'une jactance oiseuse;
Ils vont, la bourse en main, se faire délivrer
Le bonnet de docteur..... Où donc ? A Montpellier (*).
Munis de leur brevet, pièce très‑curieuse,
Ils ont l'étrange droit de nous assassiner.

On les voit, rugissans, ivres de jalousie,
Aller de porte en porte, ainsi que mendians,
Débiter aux badauds qu'au vrai votre génie
Est vainqueur, couronné plusieurs fois tous les ans;
Mais que vous ne brillez que par la théorie.

(*) Heureusement il y a beaucoup d'enfans d'Esculape, doctes
et profonds, reçus à Montpellier,

Qui, dignes de respect, dignes de confiance,
Ont les dons du génie et de l'expérience.

Voilà que les nigauds, partout les plus nombreux,
Ridicules échos, chantent cette sottise ;
Et, pour la propager, par d'autres sots comme eux,
La font chanter aussi, surcroît de balourdise.

En vain les partisans de la saine raison,
Disent que vos écrits prouvent votre science,
Et qu'ils seraient honnis, si de l'expérience
Vous n'aviez la boussole et l'éclatant rayon.

L'intérêt, vrai ressort des passions humaines,
Qui dans une ame lâche, est sordide et menteur,
Exerce contre vous ses fureurs et ses haines,
Malheureux s'il n'était votre persécuteur.

ÉPÎTRE A MONSIEUR***.

Dans le livre sublime ouvert par la nature,
On puise la science auguste et toujours pure,
Qui seule peut prétendre à nos profonds respects.
Les œuvres du très-haut, leurs somptueux aspects,
Exaltent le génie, et dans une belle ame,
Portent ce feu divin qui l'éclaire et l'enflâme.
Tel est l'heureux essor que prennent tes esprits.
Quand je l'ai vu paraître en tes premiers écrits (*);

(*) Discours sur l'histoire naturelle.

J'ai dit : « C'est-là le ton, voilà le *grandiose*,
» Qui prenant les pinceaux, peint avec majesté
» Le platane orgueilleux et la modeste rose,
» Toujours beau, toujours noble, et plein de dignité ».
Conserve-le sans cesse, intéressant jeune homme !
Dans la France Buffon, le grand Pline dans Rome,
A leurs premiers élans osèrent se livrer :
Par d'éclatans succès ils surent s'illustrer ;
Et les constans efforts de leur docte génie,
Furent, seront toujours l'honneur de leur patrie.
Jeune homme, sens ta force ! écoutant ton ardeur,
Ecris, et ne crains pas de te montrer auteur.
La contradiction, la basse jalousie,
Tenteront lâchement de contrister ta vie.
Dans les champs, où Cérès fait jaunir les moissons,
La parasite ivraie et les tristes chardons,
De l'utile froment dévorent la substance :
C'est la destruction qui fait leur existence.
Mais, objets du souci de l'actif laboureur,
Ils excitent ses soins, redoublent son labeur :
Extirpés, on les voit, languissans sur la terre,
Exposés aux dédains, leur fortune ordinaire,
Et servir de pâture aux plus vils animaux,
Aux venimeux serpents, aux baudets, aux pourceaux.

LE MAGISTER

EN VOYAGE.

—

Un Magister, célèbre dans l'histoire ;
Un beau jour s'embarqua pour traverser la Loire.
Dans le bateau passaient femmes et muscadins ,
Agrestes campagnards, élégans citadins ,
Et de plus un troupeau de bêtes cavalines,
    Anes, moutons et vigoureux béliers :
    Il ne manquait que des visitandines,
    Des capucins, ou quelques cordeliers ,
    Pour compléter la publique voiture :
On les a défroqués , et la race future
    Blâmera fort la révolution
D'avoir par-là mis fin à plus d'une aventure,
Faite pour égayer la conversation.
Hélas ! c'est un malheur : mais que peut-on y faire ?

    Pour revenir à notre Magister ,
Il avait un maintien , un ton, un geste, un air ,
    Si fiers, si sérieux, un regard si sévère ,
    Que d'un commun accord, on se donna le mot
    Pour traiter le bon homme à peu près comme un sot.

Chacun , à sa façon , le berne, le ballote ;
Les sages et les fous , la catin , la dévote ,
  Le mènent rondement ,
Les uns avec esprit, les autres lourdement.
Le bon homme enrageait : mais son ame offensée
Point n'osait éclater : il était le moins fort.
Il prenait patience et subissait son sort ,
Quand vient à son secours le bienfaisant Morphée,
Qui , s'emparant de lui , profondément l'endort.
Il ronfle , il gesticule , il s'écrie , il soupire,
  Mais si comiquement ,
  Qu'un grand éclat de rire
  Part unanimement.
Moutons , ânes , coursiers , chacun à leur manière ,
Firent de leur *chorus* retentir la rivière.
Sur l'une et l'autre rive en foule on accourut :
On écoute , on répand que le roi Belzébuth ,
Des enfers remonté , faisait de la musique ,
Et qu'il avait à bord sa troupe diabolique.
  Mais ce n'est pas le tout.
  Pour aller jusqu'au bout ,
  Il faut savoir que , dans sa léthargie ,
Le Magister devint d'une humeur très – polie ,
  Au point qu'à chaque instant
  Sa tête s'inclinant ,
Un bélier l'observa d'une vue attentive.
L'animal , par l'effet d'une force attractive ,
Recule , et va frapper son front contre le front
  Du Magister qui se réveille ,
Et qui , les yeux ouverts , ne sait s'il dort , s'il veille ;
Tant il est indigné d'un si sanglant affront.
Alors , en Magister , il perore , il s'explique ;

Dit que sitôt à terre, étendu dans son lit,
Blessé, souffrant un mal pire que la colique,
Il intéressera toute la république
A punir cet insigne et barbare délit.

Il dit, et se rendort.... Même cérémonie
Se renouvelle : on voit se balancer son chef,
De manière à donner encor la comédie;
Et le maudit bélier, s'élançant de rechef,
Va de nouveau frapper le bon homme à la tête.
Notre homme furieux, fait trembler le bateau :
Il écume de rage, il empoigne la bête,
Et, d'un bras vigoureux, il la jette dans l'eau.

O malheur ! les moutons le voyant se débattre,
Faire effort sur effort, et crier comme quatre,
Sautent par dessus bord, mais, hélas ! sans songer
Que c'est leur dernier jour, et qu'ils vont se noyer.
On eut beau s'agiter, faire force de rames,
Le rapide courant porta leurs corps, leurs ames,
Jusques au beau milieu des plaines de la mer.
La mort les atteignit : descendus en enfer,
Pluton les fit rôtir à l'aide de ses flammes,
Et s'en régala bien, grâces au Magister.

Le voyage fini, chacun met pied à terre.
Sitôt le Magister, criant comme un tonnerre,
Se porte avec fureur au premier tribunal,
Dénonce la nacelle, homme, femme, animal,
Et demande, à grands cris, qu'on lui fasse justice.

Le maître des montons , dit qu'à son préjudice
Il a vu s'engloutir son précieux troupeau ;
Que c'est le Magister qui l'a jeté dans l'eau ;
Réclame capital, intérêts et dommages ,
Espérant que sa cause aura tous les suffrages.

Procès rare et fameux ! On l'instruit sans retard.

Chacun s'étant pourvu d'un défenseur à part ,
Celui du Magister prétend que sa partie
N'a que d'un seul bélier sacrifié la vie :
Qu'il ne doit point payer : que brocard sur brocard,
Contre lui décochés , l'ont fait donner au diable ;
Qu'en conséquence il n'est , ne peut être coupable
De l'engloutissement du ci-devant troupeau :
« Non , non ce n'est pas lui qui l'a jeté dans l'eau.
» Le troupeau, s'élançant au sein de la rivière,
» N'a suivi que la loi , la pente coutumière
» Qui porte les moutons à se suivre toujours,
» Sans que de ce penchant rien n'arrête le cours ».
Il jure par les dieux, et par sa conscience,
Que rien de son client ne noircit l'innocence,
Et conclut en disant, pour dernière raison ,
Que la loi ne punit que sur l'intention.

Alors le défenseur de la partie adverse,
Comme on s'en doute bien , parle en raison inverse,
Tonne , éclate, mugit , et fait maints argumens,
Qu'il croit victorieux et des plus véhémens.
Comme des médisans , il fréquentait la clique,
Que dès-lors il savait la secrète chronique,

Il dit le Magister atteint et convaincu
D'être..... tranchons le mot.... enfin d'être cocu.
Il infère de là qu'il n'est que plus coupable :
« Oui, son crime est affreux, insigne, abominable!
» Magistrats ! les béliers portent cornes aussi :
» Il a donné la mort, la mort à son semblable !
» Je t'invoque, ô Thémis ! viens, viens répandre ici
» Ton esprit de sagesse et ta noble influence!
» Oh ! puisse dans ce lieu ta divine clarté,
» Pénétrer tous les cœurs, entourer l'innocence,
» Et faire triompher l'auguste vérité »!

LE tribunal opine, il décide, il proclame
(Après avoir juré sur sa foi, sur son ame);
Par décret sans retour, fait en dernier ressort ;
Que l'un a très-bon droit, et l'autre n'a pas tort.

VERS

Mis à la fin des Opuscules poétiques (inédits)
de Mr. CAILLAU *,* D. M. *, à Bordeaux.*

EN parcourant ces aimables ouvrages,
Des doux zéphirs on ressent les fraîcheurs :
On y voit papillons et gentils paysages ;
On y recueille, et des fruits et des fleurs.

Oui, l'œil charmé des brillantes images
Qu'un magique pinceau dessina largement,
Ne cesse d'admirer les berceaux, les bocages,
Ces hameaux, ces vallons, dont l'aspect est charmant.
On y voit resplendir la grâce aimable et pure,
Sceau toujours ravissant de la belle nature.
Au centre du spectacle est l'estimable auteur,
Ami du beau, du vrai, que sans cesse il allie,
Inspirant l'équité, les bienfaits, la candeur.
Sa touche est tour-à-tour, ou sublime, ou jolie.
Tableau riant, suave, et toujours attachant !
   C'est le pinceau de la philosophie
   Qui dessina cet ensemble touchant.
   D'un Raphaël, c'est le goût, le génie,
   Du Titien, le coloris brillant,
   Et de CAILLAU, l'ame expansive et belle ;
   Qui, par maint trait, pittoresque, enchanteur,
   Peint les vertus dont elle est le modèle !
   Oh ! qu'à ce prix il est beau d'être auteur !

ÉPITAPHE DE Mᴿ ***.

Nul mieux que lui ne sut avec délicatesse,
Offrir à l'infortune un secours généreux.
Dans tous ses procédés, où régnait la noblesse,
Il se montra loyal, sensible, vertueux.
Tous les amis qu'il eut, il les rendit heureux.

A M.R DE S.T-MARC,

Pour le remercier du don de ses œuvres, en retour des vers que je lui avais envoyés.

J'ACCUEILLE avec respect, avec plaisir et joie,
Vos œuvres qu'Apollon couronna de lauriers.
Généreux comme au temps des loyaux chevaliers,
Pour lainage bourru, vous prodiguez la soie.
Quel échange ! vos vers, par Phébus adoptés,
Sont, sur le double Mont, et chéris et chantés.
Des grâces, des amours, vos vers sont les marottes,
Et les miens, tant pauvrets, sont mis en papillotes !
Grâce vous soit rendue, ô Marquis très-courtois !
Qu'il fait beau commercer avec vous quelquefois !

ÉPÎTRE

A MONSIEUR J.-E. L'HOSPITAL.

L'HOSPITAL, permets-moi de te manifester
Les secrets sentimens que recèle mon ame.
L'amour de ta patrie incessamment t'enflamme :
A de nobles élans tu ne peux résister.

J'admire, j'applaudis le feu qui t'électrise;
Vertueux, ton génie éclate et s'autorise
A fronder les abus, à propager le bien :
Il brille ; mais hélas ! on l'éclipse soudain.
Non, tu n'ignores pas la détestable cause,
Qui sans frein, sans pudeur, à tes desseins s'oppose.
C'est l'horrible intérêt, déshonneur des humains,
Lui qui croit s'élever, prenant ces airs hautains,
Ces ridicules tons, qui de sa turpitude,
Dévoilent la bassesse et la lâche habitude.
Ainsi toujours cherchant, aussi vil qu'odieux,
A gravement heurter tout projet généreux,
Il n'est pas de moyens qu'il ne mette en usage,
L'intrigue, la cabale, et la bile et la rage.
De tout temps il ne sut que jouir du moment :
L'or, oui, l'or est son dieu, son seul contentement.
Il lui faut, à tout prix, harceler la fortune.
Parle-t-on d'autres plans ? Oh ! cela l'importune.
Après lui le déluge, et sa félicité
Jamais ne se troubla pour la postérité.
Ne te souvient-il pas de ces hordes sauvages,
Dont on déplore, hélas ! les mœurs et les usages,
Qui, le jour, dévorant leur précaire butin,
Vivent sans nul souci du lendemain matin ?
Ils sont nés, ont vécu, terminé leur carrière,
Ainsi meurt le bétail : nul bien, nulle lumière
Ne sortit de leur froid et stérile cerveau.
Las ! ils sont descendus tout entiers au tombeau !

Eh ! qu'ils y gisent donc ! que ferons-nous des autres,
Qui, doctes, lumineux, à l'égal des apôtres,
Ivres d'un fol orgueil, ne peuvent supporter
Que nul ait du génie, et ne puisse inventer ?

Vois leur insuffisance ! oh ! vois leur arrogance !
Vois leur air fanfaron , leur profonde ignorance !
Quel contraste plaisant !... Sous leur énorme poids,
Pourtant il faut plier, et respecter leurs lois.
De Stockolm au Mogol , du Tunquin jusqu'à Rome ;
Ils sont prépondérans : pour eux seuls est la pomme.

LE fameux Chancelier, dont tu portes le nom ;
Profond législateur, vertueux, magnanime,
Mérita de jouir d'un célèbre renom.
Il fut l'effroi du vice et la terreur du crime.
Tu le sais , chérissant et le peuple et son roi,
Le bonheur des Français fut sa suprême loi.
O déplorable temps, où vécut ce grand homme !
En butte aux factions , aux astuces de Rome ,
On rendit criminel son noble dévoûment :
Il fut calomnié, proscrit indignement.
Hélas ! quel fut l'effet de ce lâche ostracisme ? —
Le triomphe cruel de l'affreux despotisme ,
Le massacre infernal, exécrable à jamais,
Qui fut, sera toujours, l'opprobre des Français.
Trop tard on regretta ses sublimes services :
Rien ne peut réparer les grandes injustices.
L'illustre Chancelier, courbé sous le malheur ,
Descendit dans la tombe, accablé de douleur.
Ses immortelles lois, sa nerveuse éloquence ,
Sont à la fois l'honneur , la honte de la France.

Un cœur épris du bien , constamment courageux ,
Dédaigne de l'orgueil l'idiot despotisme,
Et brave les rumeurs , les cris de l'égoïsme.
Transportés par le temps , chez nos derniers neveux ;

Ses écrits respectés , honorant sa mémoire ,
Utiles et chéris , couronnés par la gloire ,
Auront tout le succès qu'ils avaient mérité.
Leur auteur jouira de l'immortalité.

EXTRAIT DE LA REPONSE

DE Mr. L'HOSPITAL.

« Pour de faibles essais , ami plein d'indulgence ;
» Qu'un éloge si doux a droit de me flatter !
» Quels tributs il t'assure à ma reconnaissance !
» C'est peu de l'obtenir... , il faut le mériter.

» Mais je t'en dois l'aveu. Si ce flatteur hommage
» Au vrai patriotisme, aux nobles sentimens ,
» Des traits de l'injustice, ami me dédommage ,
» Son égoïsme affreux bientôt me décourage,
» Arrête, éteint l'essor de mes faibles talens.

» En lisant ton Épître, ami, je crois entendre
» Ce sage L'Hospital, dont on me fait descendre,
» Digne d'un meilleur sort.... d'un immortel renom.
» Le dangereux éclat que celui d'un grand nom !
» De l'ame, de l'esprit, les facultés premières
» Hélas ! ne sont jamais des dons héréditaires :

» Mais sans oser prétendre à la célébrité ,
» Sans nul espoir d'atteindre à la postérité ,
» A mon pays du moins je voulus être utile ,
» Servir en bon Français un peuple versatile ,
» De mes faibles travaux laisser un souvenir.
» J'enviai son estime.... et n'ai pu l'obtenir ! ...

    » AMI , qui dans un siècle immoral et frivole ,
» Sais méditer en sage , et parler en beaux vers ,
» Ton suffrage éclairé me venge et me console
» De l'injuste dédain des sots et des pervers ».

A MADAME LA COMTESSE

DE TH...,

*Après qu'elle eut joué, sur **un théâtre de société**,*
le rôle de madame Sock, dans l'opéra intitulé :
les Souliers mordorés.

QUAND , sous les traits de la gentille Sock,
Vous étiez , l'autre jour, justement applaudie,
    Chacun disait : « Il faudrait être un roc
» Pour ne pas admirer actrice si jolie.
» Sa voix se déployant en sons mélodieux ,
» A , de la volupté , l'accent délicieux.

» Son jeu naïf, plein de délicatesse ;

» Guidé par la nature, inspire la tendresse.

» Son pied mignon.... Tout le peuple chinois

» Donnerait, pour l'avoir, les plus riches minois :

» Les grâces le voyant danser les allemandes,

» Lui jettent, à l'envi, des fleurs et des guirlandes.

» Quand elle tousse : Ah ! le charmant oiseau (*) !

» Ah ! monsieur Sock, que vous le trouvez beau !

» Et nous de même ! il nous plaît, nous enchante,

» Soit qu'il parle ou qu'il tousse, ou qu'il danse ou qu'il chante.

» Son nez en l'air... Mais, chut ! n'en parlons pas.

» Rappelons-nous qu'un si puissant appas,

» A Soliman fit tourner la cervelle (**),

» Et redoutons d'apprendre la nouvelle,

» Que l'Empereur qui règne en Orient

» Ne vienne nous ravir un morceau si friand.

» Quant à ses yeux, ils sont si pleins de charmes,

» Que d'un César ils soumettraient les armes ».

Et c'est ainsi, madame Sock,

Que par détail, ou tout en bloc,

Vous ravissiez la nombreuse assemblée :

Par un juste retour

Vous étiez adorée ;

Et si, dans ce beau jour,

Vous eûtes des trois sœurs la brillante guirlande,

Cypris, qui vous forma, vous donna pour offrande,

Les flèches, le flambeau, la couronne d'amour.

(*) Expression de Mr. Sock.

(**) Ceci rappelle un des contes moraux de Marmontel.

LES BORDELAIS.

—

Honneur aux Bordelais, et vivent leur gaîté,
Leur naïve franchise, et leur vivacité !
Veut-on obtenir d'eux un obligeant office ?
Leur cœur loyal et bon, sensible et généreux,
Se montre dans leur geste, et se peint dans leurs yeux :
Vous les voyez ardens à vous rendre service.
Ils sont auprès du sexe et tendres et galans,
Bons pères, bons époux, amis vrais et constans.
Actifs, ingénieux.... dans les arts, la science,
Ils démontrent leur goût et leur intelligence.
Tels que les Provençaux, ils ont leurs troubadours,
Aimés des ris, des jeux, des grâces, des amours.
Qui ne connaît Ausone, et l'illustre Montaigne,
Et le grand Montesquieu, que la gloire accompagne,
Le sensible Berquin, d'autres leurs héritiers,
Que Minerve, Apollon, couronnent de lauriers ?
Leurs doctes noms, inscrits aux fastes de l'histoire,
Sont immortalisés au temple de mémoire.

Naguères (*) on voyait leur commerce fameux,
S'étendre, s'enrichir, dominer en tous lieux,

—

(*) Mais cela reviendra. La confiance en est due à l'Alexandre,
au César, au Marc-Aurèle de la France.

Faire admirer par tout leur brillante industrie:
Magnanimes soutiens de leur noble patrie,
Fiers , ardens , valeureux , ils font avec succès ;
Sous les drapeaux de Mars , honneur au nom Français (*).

APOLOGUE.

—

Offusqué de l'éclat du dieu de la lumière ,
Un cynique, jadis, insultait Apollon.
Chacun en eut pitié : « Pense-tu , lui dit-on ,
» Obscurcir de ce dieu la brillante carrière ?
» L'astre majestueux entend-il tes clameurs ?
» Le torrent de rayons qu'il répand dans le monde,
» Eclaire ton néant , ta nullité profonde ;
» Et sur toi-même , ingrat , il verse ses faveurs ».

(*) Dans une pièce manuscrite , j'ai parlé à peu près ainsi des Provençaux. S'ils ont les mêmes qualités , j'ai dû me servir d'expressions équivalentes. Ils sont , comme les Bordelais , Français , et bons Français.

INSCRIPTION

Pour le bien de plaisance de MM. RABA.

NAPOLÉON LE GRAND, dans ce champêtre asile,
A paru tout couvert de ses lauriers touffus.
Ceux qui croissent ici sont d'espèce fragile :
Mais les siens fleuriront mille et mille ans et plus.

O VANITÉ !

LE grand roi SALOMON posséda neuf cents femmes :
Il s'enivra d'amour jusqu'à satiété.
Quand il eut vu la fin de ses ardentes flammes :
» O vanité ! dit-il, tout n'est que vanité » !

INSCRIPTION POUR UNE FONTAINE

CHAMPÊTRE.

PASSANT ; arrête-toi, le crystal de ces eaux,
Le chant du rossignol, ce vert gazon, ce chêne,
Le doux parfum des fleurs, tout t'invite au repos.
Si tu conduis ici la beauté qui t'enchaîne,
Plus de rigueurs, l'amour mettra fin à tes maux.

INSCRIPTION

Pour le portrait de Mme. la comtesse de LATOUR.

RÉUNIR à l'esprit les grâces, la beauté ;
C'est plaire, c'est charmer... Quel don ! qu'il est aimable !
Mais LATOUR a de plus, le secret admirable,
De se faire adorer par son humanité.

ÉPITAPHE DE MONSIEUR RABA,

LE CULTIVATEUR.

ICI gît de RABA la dépouille mortelle.
Il fut sensible et bon. Son ame toujours belle
Adora l'Éternel, et ne forma des vœux
Que pour plaire aux humains et faire des heureux.

MADRIGAL.

—

QUE J'aime de ZÉLIS, la touchante éloquence !
Son cœur dicte ; sa plume est un pinceau charmant,
Qui peint, de nos amours, la douceur, la constance,
Et fait toujours briller les feux du sentiment.

BOUQUET A UNE SOEUR.

Pour ton bouquet, je t'offre, aimable sœur,
Et l'immortelle et la fraîche pensée.
L'une t'exprimera que pour toi, dans mon cœur,
Règnent des sentimens d'éternelle durée ;
L'autre, qu'il n'est pour moi de plaisir plus flatteur,
Que celui de t'avoir toujours en ma pensée.

VERS

POUR LE PORTRAIT DE Mme. LE GRAND,

ARTISTE DE PARIS,

Célèbre dans l'art de la peinture, etc. , etc.

Émule de Sapho, de Xeuxis et d'Apelle,
Le Grand sait réunir des talens enchanteurs.
Elle a le cœur sensible et l'ame la plus belle.
D'autres ont des rivaux : il n'existe pour elle
Que des amis sans fard et des admirateurs.

4

L'ARGUMENT SANS RÉPLIQUE.

—

Blaise le savetier, avec la jeune Lise,
S'unissait à l'autel, quand parut dans l'église
Alix, qui s'approchant du nouveau marié,
A l'oreille lui dit : « Je l'eusse parié,
» Que vous auriez commis cette lourde sottise !
» Vous voilà bien loti ! votre fringante Lise,
» En vous donnant sa foi, vous joue un joli tour !
» A d'autres, à l'avance, elle eut le don de plaire :
» Elle a fait un poupon dans l'ombre du mystère,
» Et chacun, au village, en glose sans détour.
» —Ciel ! est-il vrai, dit Blaise »!... Il s'adresse au vicaire,
Veut qu'on le démarie, et prétend qu'il est veuf.
« Oh ! cela ne se peut, répondit le saint prêtre.
» Sauriez-vous nous prouver, et pourrait-il donc être,
» Qu'un savetier jamais travaillât sur le neuf » ?

INSCRIPTION

Pour le portrait de Mr. Millevoye.

———

Voila d'Anacréon l'aimable successeur.
Son génie est chéri des muses et des grâces.
Pour charmer les amours, les fixer sur ses traces,
Catulle lui donna son téorbe enchanteur.

—

A MARIE,

LE JOUR DE SA FÊTE.

QUAND comme vous, ô charmante MARIE,
On est aimable et jeune, et sur-tout fort jolie,
　　On peut prétendre à conquérir les cœurs,
　　A recueillir des hommages flatteurs.
　　Il ne faut point être fameux prophête,
　　Pour vous prédire au jour de votre fête,
　　Que vous verrez, sur vos pas, chaque jour,
Accourir, empressés, et les ris et les grâces,
Et les folâtres jeux, attachés sur vos traces.
Ils vous feront lancer tous les traits de l'amour.
Parmi l'essaim d'amans qui vous feront la cour,
S'en trouvera-t-il un qui, comme moi sincère,
Soumis, respectueux, constant et sans détour,
Sera digne d'avoir l'heureux sort de vous plaire,
Et d'obtenir, enfin, de vous un doux retour ?
Non, non, j'en jure ici par le dieu de Cythère,
Nul n'aura tous les feux qui brûlent dans mon cœur :
Plus j'en suis consumé, plus ils font mon bonheur.

LES ÂNES ET LES ROSSIGNOLS.

FABLE.

Des rossignols, jadis, aux champs de l'Arcadie,
Firent de leurs accens retentir les échos :
      Leurs concerts, leurs duos,
Surent charmer les cœurs formés par Polymnie.
Mais les roussins (on sait que, dans ce pays-là,
Ils sont prépondérans, et mettent le holà),
Ne purent supporter le ton, la hardiesse
De ces chanteurs doués d'une délicatesse,
Qui blessait le tympan de nos aliborons.
Ceux-ci tinrent conseil : « Oh ! çà, délibérons.
» Faudra-t-il donc souffrir que, dans cette contrée,
» Des intrus insolens, dangéreux novateurs,
» Irritent plus long-temps notre oreille choquée,
» Viennent enfin troubler nos concerts enchanteurs ?
» Messieurs, qu'aucun de nous n'ait la folle indulgence
» De pallier un crime aussi grand à nos yeux ?
» De la part de ces gens, un air, une cadence,
» Un prélude, un seul son, tout tire à conséquence.
» Souffrez-les un instant, ils sont audacieux :
» L'état est en danger ; il faut sévir contre eux ».

Ce fut le président qui parla de la sorte.
Lors, un huissier faisant ouïr une voix forte,

Fit régner le silence , afin qu'on entendit

Un membre distingué , qui , soit par véhémence ,

Points , exclamations , tropes ou réticence ,

Enchanta l'assemblée , et finalement dit :

« Je ne vois en ceci qu'un parti qui convienne ,

» C'est de les embarquer sur-le-champ pour Cayenne.

» Bravo ! cent fois bravo ! crièrent quelques-uns .

　　　　» Eh ! quoi ces importuns ,

» Aussi libres que l'air , leur naturel domaine ,

　　　　» Ont osé , l'autre semaine ,

» Faire retentir l'air de modulations

» Qui choquent et nos goûts et nos opinions !

» Quelle audace ! Ils pourraient de merveille en merveilles ,

» En venir à chanter le bout de nos oreilles.

» Avons-nous donc besoin de chansons, de couplets ?

　　　　» Que saurions-nous en faire ,

　　　　» Tandis que , pour nos intérêts ,

» Et pour nos doux plaisirs, il nous suffit de braire » ?

— Messieurs ! *braire* est le mot, (dit un fameux docteur ,

Profond logicien , lumineux orateur ,

Devenu très-savant par de fréquentes veilles ,

Et vénérable encor par ses longues oreilles) ,

« Par là nous abordons enfin la question,

» Nous coupons le siflet à la horde harmonique :

» Obligeons les chanteurs à fermer leur boutique ,

» Et nous mettrons un frein à leur ambition.

» Oui , Messieurs , voulez-vous les forcer à se taire ?

» Il faut que de concert, nous nous mettions à braire ,

» Avec une vigueur , avec un tel éclat ,

　　　　» Que le rossignol, l'alouette ,

» Le cygne , la linote , ainsi que la fauvette ,

» En soient épouvantés, tombent sur le grabat ,

» Et prennent pour séjour un tout autre climat ».

Le Sénat, ébloui par ce trait de lumière ,
Fait un saut spontané : debout comme en sursaut ,
Il admire, applaudit, il proclame tout haut
Le décret immortel.... et puis se met à braire.

Dieux ! quel charivari ! quel affreux carillon !
L'air en est comprimé : le peuple volatile ,
Eperdu, prend l'essor pour le sacré vallon :
Mais ce ne fut , hélas ! que d'une aîle débile
Qu'il put enfin s'abattre au temple d'Apollon.
A ses accens plaintifs, à sa voix altérée ,
On juge des douleurs de cette troupe aîlée.
Le dieu de la lumière , écoutant ses clameurs ,
Lui dit, après avoir dissipé ses frayeurs :
« Fuyez toujours les lieux où les *martins* dominent :
» Soyez sûrs que partout où ces *grisons* opinent ,
» Vous ne sauriez jouir d'un agréable sort.
» Il faut braire comme eux pour n'avoir jamais tort ».

A M.ᴿ ÉTIENNE,

AUTEUR DES DEUX GENDRES.

Étienne est tout criblé des traits de la satire.
Pourquoi ? — Las ! de la France il est l'enfant gâté.
Au faîte de la gloire Apollon l'a porté.
Bon dieu, quel triste sort ! oh ! le pauvre martyre !
Il s'avance, à grand pas, vers l'immortalité.

LE VRAI BONHEUR.

———

L'AMBITIEUX poursuit une chimère :
Il croit par elle obtenir le bonheur.
Mais parvient-il au bout de sa carrière ?
Il n'a saisi qu'une fatale erreur.

IL a passé les beaux jours de sa vie
En vains projets nés de sa passion :
A-t-il atteint le but de son envie ?
Tout n'est pour lui que folle illusion.

DE quels succès ce guerrier téméraire
S'enivre-t-il en bravant les hasards ?
Ce furieux croit que toute la terre
Le vantera comme un autre dieu Mars.

O vous, docteurs ! vous savans toujours blêmes !
Exténués par un triste labeur,
Quoi ! vous pensez que par de vains systèmes
Vous parviendrez au faîte du bonheur ?

GRAVES amans des filles de mémoire,
Vous vous flattez d'obtenir leurs faveurs :
Vous expirez sans en avoir la gloire,
Et votre espoir s'est nourri de vapeurs.

Si Mars, Plutus, si la docte Uranie
N'accordent rien d'agréable à nos vœux,
O mes amis ! consacrons notre vie
A célébrer de plus aimables dieux !

De Cupidon, de sa divine mère,
Du dieu Bacchus méritons les bienfaits :
Le verre en main voyageons à Cythère,
Sûrs d'obtenir de plus heureux succès.

Sachons charmer une Nymphe agréable :
Adorons-la, plaisons-lui constamment ;
Nous jouirons du seul bien désirable :
Rien n'est si doux que d'être heureux amant.

N'oublions pas que le jus de la treille
Doit ranimer les plaisirs de l'amour :
Aimons Cypris, Cupidon, la bouteille,
Et fêtons-les et la nuit et le jour.

LE SONGE.

J'ai, l'autre nuit, dans un songe agréable,
A Léonide adressé ce discours :
« Vous vous rendez fautive et très-coupable
» Envers le dieu souverain des amours.

» Vous repoussez tous les traits qu'il vous lance ;
» Vous dédaignez ses charmantes douceurs :
» Mais au moment où le moins on y pense,
» On est en butte à ses desseins vengeurs.

    » Il en est temps, évitez sa colère ;
» Laissez enfin enflammer votre cœur.
» Jeune, jolie, et destinée à plaire,
» Sachez qu'aimer c'est jouir du bonheur.

    » Amour le dit, sans lui, sans sa puissance,
» C'est vainement qu'on forme des désirs :
» C'est par lui seul qu'on a la jouissance,
» Et de la vie et de ses vrais plaisirs ».

LE PORTRAIT.

—

Pour bien chanter les charmes de Délie,
Il me faudrait la lyre d'Apollon :
Il me faudrait la divine harmonie
Qui retentit dans le sacré vallon.

Si j'obtenais ce puissant avantage,
Nul autre bien n'aurait pour moi d'attrait :
On me verrait en consacrer l'usage,
A mettre au jour le plus joli portrait.

La lyre en main , je dirais aux trois Grâces :
Le dieu d'amour vous donne une autre sœur.
Les ris, les jeux, folâtrent sur ses traces :
Elle a vos traits, vos yeux, votre fraîcheur.

Taille élégante , air gracieux , aimable ;
Aménité, ton modeste, charmant.
Pas d'elle un mot qui ne soit agréable,
Ou qui n'inspire un tendre sentiment.

Quand elle danse, on croit de Terpsicore
Voir la souplesse et la légèreté.
Doux abandon ! ô grâces qu'on adore !
De quel éclat vous ornez sa beauté !

Quels yeux touchans ! quel ravissant sourire !
Quelle ingénue et piquante gaîté !
Est-ce Vénus qui l'anime et l'inspire ?
Est-ce l'amour ? Est-ce la volupté ?

En lui donnant sa voix belle et touchante ,
Amour lui dit : « Tu sauras tout charmer ».
Dès qu'on l'entend , elle plaît, elle enchante :
On applaudit : on finit par aimer.

LES REGRETS DE L'AMITIÉ.

Musique de Mme. de St.-Aignan.

Doux souvenirs, ô charme de ma vie !
Rappelez-moi ces jours délicieux,
Où je versais, dans le sein d'une amie,
Mes sentimens en un temps plus heureux.

O temps volage ! ainsi qu'une vaine ombre,
Il s'est enfui, m'accablant de douleur !
Pour moi les jours n'ont qu'une clarté sombre :
Tout à mes yeux retrace mon malheur.

VOILA ses traits, ses yeux si pleins de charmes,
Et sa candeur, et sa sérénité.
Charmant portrait ! ... il fait couler mes larmes !..
Dieux ! je ne puis admirer sa beauté.

Où retrouver l'aménité touchante,
L'expansion de son céleste cœur ?
Où retrouver son ame douce, aimante,
Et ses vertus qui faisaient mon bonheur ?

Je cherce envain : nulle autre qu'elle même
Ne remplira mon cœur ni mes souhaits.
Elle est absente ! ... ah ! ma peine est extrême,
Non , rien ne peut égaler mes regrets.

Doux souvenirs , ô charme de ma vie !
Rappelez-moi ces jours délicieux,
Où je versais , dans le sein d'une amie,
Mes sentimens en un temps plus heureux.

CANTATE.

LES PREMIERS FEUX DE L'AMOUR.

En butte aux traits du puissant dieu des cœurs,
La jeune Lise, inquiète, agitée ,
Désire , craint , rougit , verse des pleurs ;
Et des combats dont elle est tourmentée ,
Exprime ainsi les plaisirs, les douleurs :

« O jours heureux de mon enfance,
» Que je regrette vos plaisirs !
» Une orageuse adolescence
» Me consume de désirs.

» Un feu brûlant circule dans mes veines :
  » Un attrait séducteur
  » Allarme ma pudeur :
» Je veux combattre... et mes forces sont vaines !...
» Dieux je succombe ! Amour ! charmant Amour !
» Que ton empire a de douceurs, de charmes !
  » Mais, hélas ! les regrets, les larmes
» De tes plaisirs sont le cruel retour.
   » Non, je ne puis le croire :
» Du beau Damon tu m'as donné la foi :
» A m'adorer il consacre sa gloire,
» Et ses sermens sont de n'aimer que moï.
  » Une ardeur mutuelle
  » Captive notre cœur :
  » Une flamme éternelle
  » Fera notre bonheur.
» Oui ton empire a des douceurs, des charmes,
  » Amour ! charmant Amour !
  » Les regrets ni les larmes
» De tes plaisirs ne sont pas le retour ».

HOMMAGE A LA BEAUTÉ.

QUELLE est cette Nymphe charmante
Qui frappe nos regards surpris ?
Belle, modeste, elle plaît, elle enchante ;
Elle a les traits, les grâces de Cypris.

Son port noble, agréable, et sa taille élégante,
Sont dignes d'illustrer les pinceaux des Xeuxis.
Quelle légèreté ! l'on croirait qu'Atalante
Revient faire aux mortels de dangéreux défis.

   La main du goût ordonna sa parure,
   En dessina les formes, les contours :
Ici, l'art se marie aux dons de la nature,
Et cet accord aimable appelle les amours.

   Grâces ! c'est vous qui peignites ces roses,
   Ces tendres lys, ornement de son teint :
   De moins d'éclat brillent les fleurs mi-écloses,
   Que les zéphirs caressent le matin.

Brune piquante, elle est vive, elle est tendre :
On la voit folâtrer, s'attendrir tour-à-tour.
Que son langage est doux ! qu'il est doux de l'entendre !
Oui, Vénus lui donna les accens de l'Amour.
Dans ses expressions, quelle délicatesse !
Elles ont du bon ton la grâce, la noblesse ;
L'oreille en est flattée, et leur son séducteur,
Conduit par le plaisir, pénètre jusqu'au cœur.
Ses charmes sont vantés dans l'île de Cythère :
Là, son brillant portrait, à la postérité
Servira de modèle, et l'art heureux de plaire,
Naîtra des traits charmans qui forment sa beauté.

   Quand sa voix sonore et touchante
   Eclate en sons mélodieux,
   Chacun dit : « qu'elle est ravissante !
   » Ah ! quels accens délicieux !
   » Oui, c'est ainsi que Polymnie,
   » Chante aux concerts des immortels.
   » C'est par cet art, cette magie,
   » Qu'elle mérita des autels ».

Lors qu'aux instrumens elle allie
Sa brillante et fléxible voix,
Par le pouvoir de l'harmonie,
Les cœurs sont soumis à ses loix.
Le spectateur qu'un charme entraîne,
D'admirateur devient amant,
Il chérit, il baise sa chaîne,
Et n'est heureux qu'en l'adorant.

O! quel est le mortel, favori de Cythère ;
Qui, guidé par l'amour enflammera son cœur ?
Amant trop fortuné !.... toi qui sauras lui plaire,
Pourrait-on exprimer l'excès de ton bonheur ?

COUPLETS

CHANTÉS A UNE NOCE.

Air : *De la pipe de tabac.*

On voit l'amour, le mariage,
Trop souvent n'être pas d'accord :
On s'écrie, on dit, quel dommage!
Mais, entre nous, c'est bien à tort. (*bis.*)
L'amour s'enfuit, quand la vieillesse
Veut s'engager à contre-temps :
Il applaudit, quand la jeunesse
S'unit dans l'âge du printemps. (*bis.*)

Jeunes époux, je vous présage
Des jours sereins, un vrai bonheur :
On en jouit, quand le ménage
Se forme des liens du cœur. (bis.)
Lorsque l'on plaît, et lorsqu'on aime,
On a le destin le plus doux :
L'hymen est le bonheur suprême,
Quand l'amour unit les époux. (bis.)

L'HARMONIE

PASTORALE,

Musique de Mr. Lebrun, *de la ci-devant acadé-mie royale de musique, à Paris, insérée dans les étrennes de Polymnie, année 1788.*

Sur la côte fleurie,
Paissez, mon cher troupeau :
Je vais de l'harmonie
Célébrer le berceau.
Je vais, sur la fougère,
Faire dire aux échos,
Du dieu de la lumière
Les immortels travaux.

Venez dans ce bocage,
Venez, oiseaux charmans :
Par un brillant ramage,
Accompagnez mes chants.
Flots de cette fontaine,
Murmurez doucement :
Zéphirs, que votre haleine
Souffle amoureusement.

Apollon, chez Admète,
Fit naître les beaux jours,
Montrant sur la musette
A chanter les amours.
Le berger, la bergère,
Apprirent à charmer,
Disant : « Sans l'art de plaire
» On ne sait pas aimer ».

Les Ris, les Jeux, les Grâces
Volèrent en ces lieux :
Cupidon, sur leurs traces,
Vint répandre ses feux.
Des bosquets de Cythère,
La tendre volupté
Apporta le mystère
Et la félicité.

On ne voyait que fêtes
Dans ce charmant séjour :
De conquête en conquêtes
On volait chaque jour.
On bannit l'imposture,
Ses trompeuses douceurs,
Et la simple nature
Régna dans tous les cœurs.

＝

Aux accords de la lyre,
On maria la voix,
Pour célébrer l'empire
D'Apollon, de ses loix.
Sa divine influence
Enflamma les désirs,
Et la reconnaissance
Couronna les plaisirs.

＝

Tel de la mélodie
Fut l'effet enchanteur :
Sa puissance inouïe
Mit le comble au bonheur.
Lorsque nymphe jolie
Fuit, use de détours,
Employez l'harmonie,
Vous aurez ses amours.

＝

LA ROSE D'AMOUR,

Musique de Mr. BAMBINI, maître de clavecin.

———

J E dessine les traits
De l'objet qui m'enchante ;
Le cœur ému, je chante
Ses séduisans attraits.

C'est une rose,
Dans son plus beau jour,
Nouvellement éclose
Sous l'aîle de l'Amour.

══

DE la naïveté
Elle a toutes les grâces :
L'Amour fait, sur ses traces,
Naître la volupté.

C'est une rose, etc.

══

QUELLE vive gaîté !
Quelle fraîcheur charmante !
Quelle candeur touchante !
Quelle fleur de beauté !

C'est une rose, etc.

══

UNE aimable pudeur ,
Dont je suis idolâtre ,
Pare son teint d'albâtre
D'une douce rougeur.

  C'est une rose , etc.

=

L'HALEINE des zéphirs
Est moins délicieuse
Que l'odeur précieuse
Qu'exhalent ses soupirs.

  C'est une rose , etc.

=

QU'HEUREUX sera le jour
Où je pourrai lui plaire ,
Et d'une ardeur sincère ,
L'embrâser sans retour !

  Bonheur suprême !
  Sort délicieux !
Sur la terre, aux cieux même ,
J'aurai mille envieux !

=

O mère des plaisirs !
O Vénus ! je t'implore !
De celle que j'adore
Enflamme les désirs !

  Rose enfantine,
  Je la vois fleurir....
Cypris ! ôte l'épine !
Et laisse-moi cueillir !

=

COUPLETS

A MADEMOISELLE DE ***.

—

Quand des doux sons de la guitare
Zélis accompage sa voix ,
On est troublé , le cœur s'égare ;
De l'Amour on reçoit les loix.
On sent couler de veine en veine
Tous les flots de la volupté :
On chérit , on baise la chaîne
Qu'on tient des mains de la beauté.

Telle la fauvette touchante
Plaît à tous les hôtes des champs :
Telle Zélis , tendre , charmante ,
Pénètre l'ame par ses chants.
Ah ! si la gentille fauvette
Donne aux oiseaux le prix d'amour ;
Zélis ! pourquoi de ta conquête
Ne jouis – tu pas à ton tour ?

—

LE PRINTEMPS.

—

Le mois de mai s'avance
Sur un nuage d'or :
L'abeille recommence
A soigner son trésor.
Les fleurs s'épanouissent,
Les échos d'alentour
Sans cesse retentissent
Des doux chants de l'amour.

=

L'inconstante hirondelle,
Messagère du temps,
Arrive à tire d'aîie,
Annonçant le printemps.
Le dieu de la lumière,
Par ses brillans rayons,
Epurant l'atmosphère,
Fait fuir les aquilons.

=

L'air plus doux vivifie
Les fertiles guérêts,
Emaille la prairie,
Embellit les forêts.

La riante espérance,
Le front paré de fleurs,
Promettant l'abondance,
Règne dans tous les cœurs.

=

Dans la fraîche vallée,
Des ruisseaux argentés,
De la voûte étoilée
Reflètent les beautés.
Les bosquets reverdissent,
Les agneaux bondissans,
Paissent, se réjouissent
Sur les gazons naissans.

=

J'entends dans la coudrette
Des accens amoureux :
C'est la vive fauvette
Qui célèbre ses feux.
Son amant, dans l'ivresse,
Accompagne ses chants :
Leur commune allégresse
Retentit dans les champs.

=

La chaste tourterelle
Roucoule tendrement,
L'attachement fidelle
De son sensible amant.

La linote légère,
Au comble des désirs ,
Dédaignant le mystère,
Chante ses doux plaisirs.

=

DIEUX ! quel brillant ramage !
Quels sons mélodieux !
C'est le touchant langage
Du rossignol heureux.
« Ah ! dit-il, l'imposture,
» Envain blâme l'amour :
» Non , sans lui la nature
» N'eut jamais un beau jour » !

LA BONNE FRANQUETTE.

Air : *Le Curé de Pomponne.*

DIEUX ! que Léontine a d'appas !
Quelle est vive et charmante !
Mais l'amour ne la touche pas :
Nul galant ne la tente.
Les plus sages en seraient fous :
Chacun y perd la tête.
Elle sait nous balloter tous
A la bonne franquette.

=

ELLE est naïve et sans façon,
    Légère, sémillante.
On lui voit un tendre abandon :
    Sa gaîté plaît, enchante.
Mais si vous lui parlez d'amour,
    Néant à la requête :
Elle en rit la nuit et le jour
    A la bonne franquette,

—

PLUS d'une fois elle a pourtant
    Des yeux pleins de tendresse;
Et c'est envain qu'elle prétend
    Fuir l'amoureuse ivresse.
Le petit dieu, toujours vainqueur,
    Tient la bonne recette,
Pour s'introduire dans son cœur
    A la bonne franquette.

A LÉONIDE.

—

LE jour, la nuit, mon cœur soupire,
La belle, c'est pour vos beaux yeux :
Incessamment l'amour m'inspire
Pour vous, la belle, tous ses feux.
Quand viendra ma dernière aurore,
La belle, je dirai toujours :
« Je meurs, mais je chéris encore
» La belle, objet de mes amours ».

INSCRIPTION

Mise sur la cage d'un oiseau empaillé.

—

Aimable oiseau ! ta douce mélodie
Me fit goûter des plaisirs enchanteurs.
Tu me charmas dans le cours de ta vie.
Hélas ! ta mort me fait verser des pleurs.

IL FAUT AIMER.

—

O belles ! qui fuyez une flamme indiscrète,
Sachez qu'il n'est qu'un bien , c'est celui de charmer.
  N'imitez pas une coquette,
  Qu'on ne saurait jamais aimer.

Lorsqu'un amant chéri doute, se désespère,
Hélas ! pourquoi montrer une feinte rigueur ?
  Un cœur épris peut-il se plaire
  Dans les jeux cruels de l'erreur ?

Soit de l'ourse au midi, du couchant à l'aurore,
Tout dit : « Obéissez, mortels, à votre cœur ».
Tout dit : « Aimez.... aimez encore,
» Et vous jouirez du bonheur ».

Que les jours, que les nuits ont de douceurs, de charmes,
Quand les instans sont tous comptés par le plaisir !
Quel délice dans les alarmes,
Que le tendre amour fait sentir !

Aimable souverain, charmant roi de Cythère !
Nul dieu n'est plus puissant, plus adoré que toi.
Quel mortel assez téméraire
Braverait ta suprême loi ?

LE JOUR DE NOCES.

Vainement sur le mariage,
On s'amuse à lancer des traits :
Ce fantastique badinage
N'en affaiblit point les attraits.
Honni soit le célibataire :
Moquons-nous de son air moqueur :
Laissons ce docteur dans sa chaire :
Il ne connaît pas le bonheur.

Le cèdre orgueilleux et stérile
Jusqu'aux cieux étend ses rameaux :
Mais vaut-il l'arbuste fertile ?
Vaut-il les humbles végétaux ?
Auprès des doux fruits de la treille,
Quels sont les produits du chardon ?
L'active et bienfaisante abeille
Vaut-elle mieux que le frêlon ?

=

Avance, heure trop fortunée,
Qui fera ma félicité !
Reçois mon encens, Hymenée,
Dieu d'amour et de volupté !
O ma Lucile ! ô mon amante !
Tu mets le comble à mes désirs.
Jamais épouse plus charmante
Ne promit de plus doux plaisirs.

=

Bacchus, hymen et ma patrie
Seront les maîtres de mon cœur :
Je leur ai consacré ma vie :
Ils feront tous trois mon bonheur.
Un époux que l'amour enflamme
Jouit d'un sort délicieux :
Il aime, il caresse sa femme,
Il chante, il boit, il est heureux.

=

L'HYMEN

VAINQUEUR DE L'AMOUR.

———

Je l'aimais, cette Délie,
Cette Circé, que les dieux,
Pour le malheur de ma vie,
M'ont fait connaître en ces lieux.
Quelle grâce enchanteresse !
Que de charmes séducteurs !
En elle tout intéresse ;
Elle enflamme tous les cœurs.

=

Mais qu'à plaindre est l'amant tendre,
Asservi par ses attraits,
Qui ne peut pas se défendre
De ses trop dangereux traits !
Elle promet des délices,
Qu'elle refuse en son cœur,
Et prépare des supplices,
Sous l'apât le plus trompeur !

=

Ah ! si l'hymen seul te lie,
Te captive sans retour ;
Pourquoi , cruelle Délie !
As-tu flatté mon amour ?
Tes yeux ont charmé mon ame :
Tes rigueurs m'ont abattu ;
Et je péris par la flamme
Qui fait briller ta vertu.

—

Bientôt tu verras paraître
Ce trop fortuné mortel ,
Qui dans ton cœur a fait naître
L'Amour aux pieds de l'autel.
Au gré de ta vive attente ,
Les dieux hâtent son retour :
Ton ame sera contente ;
Moi..... j'abhorrerai le jour !

—

O moment que je déteste !
Tu fais frissonner mon cœur !
A ton approche funeste ,
Je me sens glacer d'horreur !
Avec toi vient la contrainte ,
Par toi fuiront les amours !
Ah ! la douleur et la plainte
Vont empoisonner mes jours !

—

CHANSON et RÉPONSE.

—

CHANSON,

PAR MADEMOISELLE CONSTANCE C.....

—

POINT n'ai d'attraits, de grandeur, ni richesse,
Point n'ai d'esprit, n'ai que du sentiment :
N'ai qu'un bon cœur, et beaucoup de simplesse :
En est-ce assez pour fixer un amant ?

JE le voudrais modeste, doux et tendre,
Ingénieux, fier, loyal et constant ;
Car si par lui mon cœur se laissait prendre,
Je ne pourrais exister qu'en l'aimant.

S'IL se trouvait mortel bon et sensible,
Qui pour toujours, voulut bien s'engager,
Amour ! dis-lui que, dans ce lieu paisible,
Est jeune cœur qui cherche à se donner.

CONSTANCE C***.

RÉPONSE.

(MÊME MESURE , MÊMES RIMES).

Qu'est-il besoin de grandeur, de richesse,
Quand, à l'esprit, on joint le sentiment?
Avoir bon cœur, et le don de simplesse,
Ç'en est assez pour fixer un amant.

Nymphe modeste, aimable, douce et tendre,
Sait me charmer et me rendre constant :
A ses attraits mon cœur se laisse prendre,
Et je ne puis être heureux qu'en l'aimant.

Si cet aveu , Sapho, vous rend sensible,
Si votre cœur au mien veut s'engager ,
Notre bonheur sera toujours paisible,
Et le plus doux qu'amour puisse donner.

EDMOND ET EMMA.

ROMANCE.

Le blond Phébus, au sein de l'onde amère,
Avait plongé son disque radieux :
Le tigre, l'ours, sortant de leur tanière,
Frappaient les airs de leurs cris odieux.

Alors Edmond, en proie à la tristesse,
Le cœur saisi de douleur, de regrets,
Fuyant les lieux où règne l'alégresse,
Portait ses pas au milieu des forêts.

L'affreux hibou, par ses cris lamentables,
En un lieu sombre appelle cet amant.
Couronné d'ifs, de cyprès et d'érables,
Là se présente un triste monument.

Dieux ! c'est d'Emma la trop fatale tombe !
Ce sont d'Emma les restes désastreux !
Edmond les voit : il chancelle, il succombe :
Un voile épais couvre, obscurcit ses yeux.

6

Il gît, mourant, au penchant d'une rive,
Dont l'onde coule au pied des arbrisseaux :
Là, Philomèle, amoureuse et plaintive,
De ses accens attendrit les échos.

Du firmament, l'inégale courrière,
Avait fourni la moitié de son cours :
Avec regret, d'une pâle lumière
Elle éclairait ces funestes amours.

Edmond se lève, et l'œil baigné de larmes,
Faible, tremblant, il va couvrir de fleurs
L'urne sacrée où reposent les charmes,
Le cœur d'Emma, ses attraits enchanteurs.

« Hélas ! dit-il, j'avais seul la puissance
» De te charmer, infortunée Emma !
» Qu'il fut fatal le jour où prit naissance
» Ce vif amour qui pour moi t'enflamma !

» Ingrat amant, j'appesantis tes chaînes :
» J'osai braver tes sanglots, tes soupirs :
» Je triomphai de tes cruelles peines :
» En te fuyant j'eus de secrets plaisirs.

» Envain tes yeux exprimaient la tendresse
» Qui captivait, qui déchirait ton cœur :
» Je n'eus jamais cette brûlante ivresse
» Qui t'eût conduite au comble du bonheur.

» Sans en mourir, j'ai vu périr ces roses,
» Dont les amours avaient formé ton teint :
» Elles brillaient comme ces fleurs mi-closes
» Qu'un doux zéphir caresse le matin.

» Ciel ! j'ai donc pu, constamment inflexible ;
» Sourd à la voix du plus touchant amour,
» Au désespoir réduire un cœur sensible ,
» Par le refus d'un trop juste retour !

« D'affreux remords mon ame est déchirée :
» Non , je ne peux souffrir l'éclat du jour !...
» O mon Emma ! ta mort sera vengée :
» Une victime est due à ton amour ».

Edmond frémit : lors la parque en furie
Le frappe au cœur, et lui montre la mort.
Il lui sourit ; il tombe, il perd la vie ,
Plaignant d'Emma le déplorable sort.

LE GAZON D'AMOUR.

—

Le printemps vient d'éclore :
L'haleine des zéphirs ,
Dans les jardins de Flore ,
Ramène les plaisirs.
Sur la jeune verdure
Brille l'éclat des fleurs ,
Et partout la nature
Prodigue ses faveurs.

=

Au bois, sur la fougère ,
Prévenant la saison,
Daphnis, pour sa bergère ,
Fit un joli gazon.
Là , reverdit l'absinthe
Sous l'odorant lilas :
L'oranger , la jacinte ,
Y montrent leurs appas.

=

Non loin , sous le feuillage
Des humbles arbrisseaux,
Eclate le ramage
Des plus charmans oiseaux.

Dans l'ombre protectrice
Des arbres d'alentour,
Le galant édifice
Brave les feux du jour.

＝

La printanière rose
En orne le contour :
Le beau berger l'arrose,
En chantant son amour.
Il lui dit : « Fleur charmante!
» Hâte-toi d'embellir :
» Sur le sein d'une amante,
» Tu mourras de plaisir.

＝

» Divine Cythérée,
» Mère des Ris, des Jeux,
» Du haut de l'Empirée,
» Sois sensible à mes vœux!
» Dans la nuit du mystère,
» Sur l'aîle des plaisirs,
» Ah! viens de ma bergère
» Enflammer les désirs!

＝

» Voilà deux tourterelles
» Que j'élevai pour toi :
» Elles sont moins fidelles,
» Moins sensibles que moi.

» Acceptes-en l'hommage ».
— « Partez , couple amoureux !
» Vous rendrez témoignage
» De l'ardeur de mes feux.

=

» DIEUX ! je vois mon amante !
» Quelle légèreté !
» Quelle grâce touchante !
» Quel éclat de beauté !
» Brûlant des mêmes flammes ,
» Quand luira-t-il , ce jour ,
» Où s'uniront nos ames
» Sur le gazon d'amour » ?

=

PORTANT sa panetière ,
Dans ce riant séjour
Arrive la bergère ,
Avec elle l'Amour.
Elle voit , elle admire
L'ouvrage du berger ,
Et son cœur qui soupire ,
Trop tard craint le danger.

=

SON teint frais se colore
D'une douce rougeur.
Le berger qui l'adore
Exprime son ardeur.

De sa belle maîtresse
Il attendrit le cœur :
Il plaît.... il ose.... il presse....
Il obtient le bonheur !

=

DANS ce charmant asile,
Les oiseaux amoureux,
De Daphnis, de Lucile,
Chantent les jours heureux.
Les Ris, les Jeux, les Grâces,
Ont fixé-là leur Cour ;
Et Flore, sur leurs traces,
Y règne avec l'Amour.

COUPLETS

D'UN MARI DU VIEUX TEMPS,

A SA FEMME.

IL est passé ce temps, où l'hymenée,
En inspirant une fidelle ardeur,
Des bons époux tenait l'ame enchaînée
Par les attraits du plus parfait bonheur.

FAITS pour jouir du prix de la tendresse,
Ingénieux à se plaire toujours,
Leurs jours passés au sein de l'alégresse,
Étaient filés par la main des amours.

AMÉNITÉ, doux égards, confiance,
Empressement à prévoir les désirs,
Estime, soins, tendre persévérance;
Vous produisiez des moissons de plaisirs.

DEPUIS long-temps, le ton, le bel usage,
Est de ne pas se donner l'air bourgeois,
En adorant la femme jeune et sage,
Dont les appas ont fixé notre choix.

AH! loin de nous cette folle manie,
Qu'il faut laisser à nos blasés du jour!
Qu'il est plus doux, ô ma charmante amie,
De nous prouver sans cesse notre amour!

NOUS en avons le plus précieux gage
Dans l'heureux fruit de ta fécondité;
Charmante enfant, qui portant ton image,
Un jour fera notre félicité!

PUISSENT les dieux, en prolongeant sa vie,
Lui départir tes grâces, ta douceur,
La conserver ainsi que toi jolie,
Faire régner tes vertus dans son cœur!

C'est le désir le plus cher à mon ame :
Je ne formai jamais de plus doux vœux.
Ah ! si ma fille est égale à ma femme,
Je jouirai du sort le plus heureux !

A ZÉLIS,

(MUSIQUE DE MONSIEUR BECK).

—

O ma Zélis ! aimes-tu comme j'aime ?
Ton jeune cœur, ému la nuit, le jour,
A-t-il senti que le bonheur suprême
N'existe pas sans les feux de l'amour ?

En mon absence, inquiète, attendrie,
De la tristesse éprouves-tu lé poids ?
Ne crains-tu pas qu'une perfide amie
Ait asservi ton amant sous ses lois ?

A mon retour n'est-tu point transportée,
Voyant mes yeux t'exprimer mon ardeur ?
Vois-tu l'Amour, ô maîtresse adorée,
Verser sur nous la coupe du bonheur ?

CONTRE un empire et toute sa richesse ,
Voudrais-tu bien pouvoir changer ton sort ?
Si l'on m'offrait l'amour d'une déesse ,
Un prompt refus.... j'aimerais mieux la mort !

T'AIMER toujours est mon bonheur suprême :
Je ne veux pas connaître d'autre bien.
O ma Zélis ! aime-tu comme j'aime ,
Et ton amour égale-t-il le mien ?

ALEXANDRE

ET

ALEXANDRINE.

—

CE conquérant , la terreur de l'Asie ,
Qui de la Grèce était le fier-à-bras ,
Valait-il donc une femme jolie ,
Célèbre ici par ses charmans appas ?

SE montrait-il ? Il semait l'épouvante :
Devant son char la mort volait toujours.
Mais la voit-on ? Elle plaît , elle enchante ,
Et ses attraits appellent les amours.

En embrâsant les villes, les villages,
Il signalait ses desseins destructeurs.
La belle aussi fait de très-grands ravages :
Mais est-ce un mal d'enflammer tous les cœurs ?

Ambitieux, il fit couler des larmes :
De ses fureurs rien n'arrêta le cours.
Si, dans Cythère, elle portait ses charmes,
Elle obtiendrait le trône des amours.

On dit qu'à table, ou bien à la sourdine,
Il s'enivrait et la nuit et le jour.
Ah ! s'il vivait du temps d'Alexandrine,
Ce fier guerrier s'enivrerait d'amour.

Ce grand héros eut l'étrange folie
De vouloir être au rang des immortels :
Mais on en rit. C'est à femme jolie
Qu'il convient mieux d'élever des autels.

LES VICTOIRES,

Musique de Mr. Desaugiers, *insérée dans les étrennes de Polymnie, année* 1788.

—

Le front paré des palmes de la gloire,
Quand les César conquéraient l'univers,
Ils adoraient, chez cent peuples divers,
Le dieu d'amour au sein de la VICTOIRE.

QUAND le dieu Mars, d'immortelle mémoire,
Ornait le chef de l'époux de Cypris;
De son ardeur il recueillait le prix :
Brûlant d'amour, il chantait sa VICTOIRE.

DIVIN Bacchus! quand tu versais à boire
A la beauté qui comblait tes désirs,
Tu l'enivrais de nectar, de plaisirs :
La coupe en main, tu chantais ta VICTOIRE.

JE ne veux point que mon nom dans l'histoire
Soit immortel: j'aspire au seul bonheur,
Au charmant bien de captiver le cœur
De la beauté qu'amour nomma VICTOIRE.

Je la chéris : elle a daigné le croire :
Mes vœux ardens sont enfin écoutés.
Amant discret, au sein des voluptés,
D'un voile épais je couvre ma VICTOIRE.

COUPLETS,

(MUSIQUE DE MONSIEUR BECK).

—

BELLE Zélis ! pourquoi ton cœur timide
Craint-il l'amour et ses touchans attraits ?
Ne vois-tu pas, comme d'un vol rapide,
S'enfuit le temps ?.... Il ne revient jamais.

QUAND, à seize ans, une nymphe raisonne,
Que de douceurs elle doit regretter !
Les vrais plaisirs qu'à son âge on moissonne,
N'ont qu'un instant : il faut en profiter.

LOIN, loin de toi la cruelle imposture,
Qui peint l'amour sous des traits dangereux !
Entends, Zélis, la voix de la nature :
Ce Dieu puissant réunira tes vœux.

Oui, le mortel, qui d'un tendre sourire,
Aurait de toi la charmante faveur,
Ivre d'amour, croirait, dans son délire,
Avoir atteint le comble du bonheur.

Si ta pudeur, que l'amour effarouche,
Cédait enfin à l'ardeur du désir ;
Si ton amant obtenait de ta bouche
Un doux baiser, il mourrait de plaisir.

Mais, si voulant lui redonner la vie,
Tu consentais à couronner ses vœux ;
Heureux mortel !.... ah ! son ame ravie
Aurait un sort envié par les dieux.

Ah ! sans l'amour jouit-on de la vie ?
Voit-on régner les grâces, la beauté ?
Non, non, Zélis, son pouvoir qui nous lie
Peut seul fixer notre félicité.

LA ROSE NOUVELLE.

—

Air : *Bouton de rose.*

Voyez Adèle,
Voyez ses grâces, sa fraîcheur :
Qu'elle est touchante ! qu'elle est belle !
L'Amour veut-il être vainqueur ?
Il montre Adèle.

=

C'est une rose,
Qui naquit au jardin d'amour :
Elle est nouvellement éclose.
Je rêve la nuit et le jour
A cette rose.

=

Gentille rose,
Que ses globes sont ravissans !
L'Amour les caresse ; il repose
Sur les jolis boutons naissans
De cette rose.

=

A peine éclose,
Elle sait charmer, attendrir.
Je meurs d'amour !... elle en est cause.
Oh ! quand pourrai-je te cueillir,
Aimable ROSE !

VIVE LA FAUSSETÉ !

—

Quoi ! vous le fréquentez ?— Oui, c'est un homme honnête;
Intègre, généreux.... hem ! le croyez-vous bête ?
— Certes, de son esprit je ne dis aucun mal.
Mais, entre-nous soit dit, *c'est un original.*
— Oh ! oh ! je vous entends : il a trop de franchise.
Vraiment c'est un travers, un vice capital.
VIVE LA FAUSSETÉ ! dieux ! quelle balourdise
D'avoir le cœur ouvert, de se montrer loyal !
Bien dupe est celui-là qu'aucun art ne déguise !
Chacun en glose : on dit, d'un ton très-magistral :
« *Cet homme est vrai : tant pis !.. c'est un ours, un brutal* ».

FIN.

DISCOURS

SUR

LES ÉLOGES.

DISCOURS

SUR

LES ÉLOGES,

Adressé aux Académies et aux Sociétés littéraires.

—

Bordeaux, 1ᵉʳ. Mars 1812.

Messieurs,

Rendre hommage à la vertu, n'est-ce point
la stimuler? Ne s'acquitte-t-on pas d'une dette
sacrée, quand on lui paye un tribut légitime,
auquel seul elle aspire? N'est-ce pas faire resplendir la gloire qui lui appartient, et dont elle
devrait toujours être environnée? N'est-ce point
la montrer aux mortels, dans son éclat, pour

être à leurs yeux, et dans tous les temps, un modèle, le plus auguste qu'on puisse leur offrir ?

Un juste éloignement pour la flatterie, ou plutôt l'indignation qu'elle excite, a fait naître un excès contraire et vicieux dans ses consé-quences : je veux dire un silence froid et absolu sur le vrai mérite, le mérite utile ; enfin, sur la vertu, la seule digne de ce nom, dont les gé-néreux effets s'appliquent et s'étendent sur une section, ou sur l'entière collection de la société.

Combien d'élans magnanimes n'ont-ils pas été éteints, combien n'en sera-t-il pas étouffé dans leur germe, par cette indifférence repoussante, par cette morne taciturnité qui tue le courage, l'ardeur du zèle, et l'amour du bien ? Peut-on oser s'en enflammer, alors que l'on craint de ne trouver qu'ingratitude, jalousie, envie même, passion plus vile encore ?

Une opinion dangéreuse, aussi funeste qu'elle

est fausse, prétend qu'il ne faut louer l'homme vertueux, l'homme de génie, le grand homme qu'après sa mort.

Eh ! qu'importent les hommages, les éloges, les panégyriques, à des cendres insensibles et froides, rentrées dans le néant ? Les ames qui ont animé ces êtres privilégiés, sont, dans leur immortalité, d'une nature trop majestueuse, trop céleste, pour être touchées des louanges des mortels, vaines et nulles pour elles.

Dans le temps où elles existaient en commun avec les hommes, combien n'en est-t-il pas qui eussent fait un plus grand nombre d'actes vertueux, qui eussent produit davantage de ces œuvres qui éclairent le genre humain, qui lui sont hautement utiles dans les sciences, les arts, dans le plus grand perfectionnement des systèmes constitutionnels, et des autres ressorts qui donnent la vie et la stabilité aux empires ?

Mais le sourire de l'approbation, mais le

témoignage de la gratitude, les éloges leur ont
été refusés ; refus coupable, qui a paralysé
leur énergie, refus émané de l'orgueil, vice
destructeur des sentimens expansifs qui sont
les liens, qui font le charme et le bonheur de
la société.

Il serait, Messieurs, superflu de vous en
rappeler la foule d'exemples : vous les connaissez. Je ne vous citerai pas les Aristide, les
Cimon, les Phocion, les Socrate, les Cicéron,
les Michel de l'Hôpital, qui méritaient l'apothéose, et qui furent les victimes de l'apathie
comme de l'injustice de leurs contemporains.
Je ne m'arrêterai parmi nous qu'à l'égard du
grand Racine, qui, en butte à la satire de l'intrigue, de l'infériorité, de l'ignorance, et qui,
privé des encouragemens dont il fut si digne,
rebuté, abattu, laissa inactif et dans une nullité profonde, pendant neuf années entières,
son brillant et immortel génie. Je le demande :
est-ce une perte fatale et irréparable pour nous
et pour la postérité ?

Peut-on le dire sans rougir pour gens à qui
tout sentiment de pudeur est étranger ? Par
une espèce d'exhumation barbare, on a l'audace d'évoquer sur la scène du monde, les plus
illustres morts, pour leur contester, pour leur
ravir (on en manifeste hautement la cynique
et folle prétention) la célébrité qui leur a été
décernée à l'unanimité, par les suffrages les
plus irréfragables. L'abominable envie salit et
outrage la gloire des Despréaux, des Voltaire,
des Buffon, des deux Rousseau, des....... Les
morts ne peuvent plus se défendre : ils ne peuvent plus exterminer d'un seul coup leurs
ennemis. La lâcheté de ceux-ci n'en est que
plus infâme. Ce sont pygmées qui prétendent
s'élever sur la tête des colosses : mais plus-ils
s'exhaussent, plus leur petitesse est méprisable.

Offusqué de l'éclat du dieu de la lumière,
Un impudent Satyre insultait Apollon.
Chacun en eut pitié : « Pense-tu, lui dit-on,
» Obscurcir de ce dieu la brillante carrière ?
» L'astre majestueux entend-il tes clameurs ?
» Le torrent de rayons qu'il répand dans le monde,
» Éclaire ton néant, ta nullité profonde ;
» Et sur toi-même, ingrat, il verse ses faveurs.

Cicéron avait sans doute un génie assez
élevé, assez lumineux ; il avait assez de délicatesse pour juger sainement des convenances.
Or, n'a-t-il pas loué, que dis-je ? Loué en face
Pompée et César ? Son langage était-il celui
de la flatterie ? Ces héros étaient-ils dignes de
louanges ? Etait-ce flatter que de louer la clé-
mence de César, comparée à l'atroce vengeance des autres dictateurs, des autres trium-
virs ? Comment la caractériser, cette clé-
mence ? N'était-elle pas magnanime ? Le noble
but de l'orateur romain n'était-il pas de la
nourrir, de contribuer à son expansion ? —
Pline le jeune, ce savant et illustre consul, ne
composa-t-il point le panégyrique de Trajan,
qu'il prononça en présence de ce vertueux
Empereur ?

Vous connaissez, Messieurs, les jeux olym-
piques, institution sublime et à jamais mémorable, qui fut établie pour exciter, honorer,
récompenser glorieusement les sciences, les
arts, la gymnastique, et pour en produire,

en perpétuer la perfection ; l'utilité et l'agré-
ment ? A quelle foule de vainqueurs à ces jeux
célèbres ne fit-elle pas élever , de leur vivant,
des statues, après les avoir chargés et décorés
de couronnes triomphales ?..... Des statues !
hélas ! pour ne parler que de notre cité , en
a-t-on élevé à Ausone, à Montaigne, à Montesquieu, à Tourny ? Qu'on veuille nous le dire :
un honneur aussi légitime est-il dû à ces grands
hommes ?

On a, dit-on, loué des hommes pour leurs
belles actions, et qui, avant de terminer leur
carrière, se sont rendus coupables de trahi-
sons, de crimes.

Eh! quoi, les gouvernemens ne leur avaient-
il pas décerné le rang, les honneurs, les dé-
corations ? Ils se sont rendus odieux depuis :
soit. Mais la loi était-là : elle les a condamnés,
dégradés, livrés au supplice ; et l'histoire, en
louant leurs vertus, a voué leurs crimes à
l'exécration de l'univers.

Qu'elle est étrange cette maxime , qui suppose que tous les hommes de bien peuvent devenir des scélérats !

Messieurs , d'un côté mettez le dévoûment, l'héroïsme , la vertu. De l'autre , l'orgueil , l'indifférence, l'injustice. Comparez et jugez.

Ne nous y trompons pas , la morale, la seule véritable , s'établit sur un principe indestructible, l'INTÉRÈT PERSONNEL, inné dans l'homme qui le conserve jusqu'à son dernier soupir , et qui l'étend même jusqu'au delà de la mort , par le désir de vivre dans la postérité en récompense de ses actions, de ses différentes œuvres. Mais cet intérêt, que l'erreur a par fois osé condamner, a des degrés, depuis l'héroïsme jusqu'à la scélératesse. Il faut savoir les distinguer.

M. D****, né en cette ville , encore adolescent, étant sur le bord de la Garonne, voit un homme se débattre sur ce fleuve , et s'y engloutir. Le jeune homme , ignorant la natation , chargé de ses vêtemens, s'élance dans

les flots , atteint l'homme qui y périssait , et
le ramène sur la rive aux acclamations des
spectateurs. Il eut la récompense des belles
ames , la louange de ses concitoyens. De père
en fils , ils transmettront la mémoire de ce
généreux dévoûment dont il est si doux de se
rappeler , qu'il est si délicieux de citer. Combien d'actions aussi belles , dans de pareilles ,
ou dans d'autres circonstances , cet exemple
ne peut-il pas produire? Ici la louange sera-
t-elle interdite ? Pourrait-on se permettre de
le penser ? Cependant je n'ose mettre entière-
ment au jour le nom de ce vertueux citoyen (*).
Je craindrais de l'affliger et de lui déplaire ,
en levant le voile dont sans doute il aime à
se couvrir dans un temps comme celui où nous

(*) Quoique le nom de Citoyen ait été avili en France , néan-
moins il est consacré chez toutes les nations , où il est honorable et respecté quand on n'en abuse pas. On se rappelle la longue
et cruelle guerre que suscita en Italie la prétention au titre de
Citoyen Romain. Il était l'objet de l'ambition des têtes couron-
nées , qui ne l'obtenaient pas toujours. Les monarques à qui il
était accordé , le portaient avec un noble orgueil.

vivons , et où il faut presque rougir d'une
bonne , comme d'une mauvaise action........
Orgueil! viens ici reconnaître tes effets odieux,
viens te livrer à tes jouissances non moins dignes du plus profond mépris.

C'est mû, ou violemment exalté par *un intérêt personnel* , mais intérêt aveugle , que le
méchant se porte à des actions criminelles qui
sont le fléau de la société. Le monstre ! ses
yeux sont fascinés. Il ne voit pas, il ne conçoit
pas que ce n'est qu'en concourant au bonheur
d'autrui , qu'on édifie le sien. Qu'il soit puni,
le malheureux ! Mais déplorons le destin qui
l'a fait naître , qui l'a organisé pour commet-
tre le mal , pour faire des victimes , et être
victime lui-même. Est-ce un motif de condamner l'*intérêt personnel* , de prétendre l'anéantir
en le faisant abhorrer , comme trop souvent
et faussement, on l'a tenté ? Non , jamais on
n'y parviendra. Qu'on le rectifie quand il est
mal dirigé. Mais il est impérissable : il est la
source des forfaits dans les ames atroces; il

est le ressort admirable des belles actions, des pensées utiles, des sentimens affectueux, nobles, magnanimes, dans les esprits sains, élevés, dans les cœurs généreux.

On objecte que des ames libérales se plaisent à faire le bien, à le répandre, fuyent les regards, la reconnaissance, et s'enveloppent, enfin, du vertueux manteau de la modestie. Mais leur jouissance intérieure est-elle moins satisfaisante que les éloges? Ce retour sur elles-mêmes, n'est-il pas un prix de leur bienveillance, le plus pur, le plus beau à la vérité?

Non, il n'est que Dieu, dont la munificence se couvre d'un voile impénétrable, et se suffise à elle-même. Elle se répand depuis le commencement des siècles sur la nature entière, sur toute l'espèce humaine, qui jamais n'a connu, jamais ne connaîtra, dans ce monde, son divin bienfaiteur; jamais ne pourra se promettre d'élever jusqu'à son trône céleste les accens de sa reconnaissance, malgré l'encens

que nous brûlons sur ses autels , malgré les
louanges que lui adressent tous les peuples de
l'univers.

Peu de mots suffisent pour exposer le résumé
de ce Discours. Des institutions augustes , so-
lennelles, des fêtes , des célébrations , des jeux
créés dans l'antiquité pour honorer l'éloquence,
la poésie, les arts libéraux, sur-tout l'héroïsme,
l'amour de la patrie , la vertu , en inspirèrent
le noble enthousiasme. Les esprits électrisés ,
ambitieux d'aspirer aux récompenses qui leur
étaient promises , s'élevèrent aux plus hauts
degrés de la perfection. Faut-il s'en étonner ?
Le temple de la gloire leur était ouvert. La
gloire elle-même décernait les éloges, les couronnes, les statues , l'apothéose. Il en est ré-
sulté, vous le savez, Messieurs , des œuvres ,
des actes, des monumens sublimes , parfaits
dans tous les genres, offerts à la postérité qui
s'en est enrichie, pénétrée d'une religieuse gratitude : monumens sacrés, immortels, qui d'âge
en âge, ont été les seuls et précieux modèles

du beau , du goût , de l'infiniment excellent , et qui jouiront de ce majestueux privilège jusqu'aux époques les plus reculées de la postérité.

La fatale extinction de ces établissemens, qui furent le Palladium du génie , étouffa jusque dans ses dernières étincelles , le feu sacré qui embrâsait les ames privilégiées , et les porta aux plus hauts rangs de la célébrité. Les âges modernes laissent avec apathie , le sceptre dominateur de la gloire dans les mains de l'antiquité , et n'ambitionnent pas de le conquérir. Ils seraient dignes de cet honneur ; ils parviendraient à l'obtenir, si les éloges , les récompenses , enflammaient les hommes destinés par la nature à opérer une révolution aussi sublime. Loin de là, l'égoïsme , la froide indifférence , les traits envenimés de l'envie , détruisent les germes , les élans du génie. Les cœurs généreux en gémissent , et nos neveux déploreront une fatalité aussi funeste qu'affligeante pour les siècles à venir.

Elle n'est que trop connue, la cause de ce

malheur. On la trouve dans les partis , dans
les cabales , les coteries qui divisent les arts ,
la république des lettres , et y font régner
scandaleusement une déplorable anarchie. On
ne voit qu'arènes où combattent des athlètes
qui déploient leur barbare énergie pour s'avi-
lir mutuellement, pour obtenir des triomphes
qui les déshonorent. Leurs moyens éhontés
sont l'intrigue de la basse jalousie , l'audace
de l'empirisme , l'artifice du mensonge , l'in-
décence des injures , l'impudeur des person-
nalités , et les sarcasmes de la satire. Cette
fange de la littérature , en horreur à la délicatesse , à l'honneur, à l'équité , va, par des
canaux secrets , salir certains journaux , certains feuilletons faméliques , cloaques qui in-
festent les capitales , les villes inférieures ,
et dardent leur venin jusque dans les cam-
pagnes. De-là , et des diatribes , et des pam-
phlets particuliers , émanent les exhalaisons
fétides qui empoisonnent les arts, les sciences,
même la morale, qui en subvertissent les principes , qui flétrissent, arrachent les lauriers de

la gloire, qui font tomber en décomposition
cadavéreuse, le goût, le vrai, le beau, et mu-
tilent outrageusement l'auguste beauté de la
nature.

On le voit, ce cynisme, insulter gratuitement
les académies, les sociétés littéraires, contester
les prix qu'elles ont décernés ; souiller les palmes que la sagesse, les lumières ont légitime-
ment dispensées au mérite, aux talens, au
génie ; au génie, à la vertu, à l'héroïsme qui
n'osent se parer de leurs couronnes triomphales, couvrant l'éclat de leur gloire du voile
des ténèbres ; ou qui, redoutant l'amertume
des lauriers, donnent, par un cruel homicide,
si je puis ainsi parler, le coup mortel aux sublimes élans qui les leur auraient fait conquérir.

Académies ! Sociétés littéraires, qui vous
honorez en cultivant l'arbre sacré d'Apollon,
dont vous répartissez dignement les rameaux !
O vous, vénérables réunions, dans le sein des-
quelles résident tous nos respects ! Vous qui

8

vertueusement, abjurez les factions, les ligues!
Telles que les Amphyctions , par un accord
unanime , érigez un tribunal auguste et solen-
nel qui juge , aux termes de la loi la plus sé-
vère , ces Thersites odieux , ces Thersites qu'il
faut désarmer , qu'il faut atterrer par la force
d'Achille , ou avec la massue d'Hercule , si
l'on veut qu'enfin la république des lettres
soit constamment environnée d'une atmosphère affranchie de nuages impurs , si l'on
veut que son horison , toujours serein , ne
promette et ne donne jamais que des jours purs,
tranquilles, resplendissans des rayons généra-
teurs et bienfaisans du dieu de la lumière, du
dieu vainqueur du serpent Python , du dieu
protecteur des sciences, des arts , qui répand
sur les vertus un éclat radieux , et qui livre
le vice à la diffamation qui lui est dévolue,
en montrant aux yeux indignés , son horrible
et repoussante laideur.

La FRANCE , plus fortunée que les autres
nations, jouissant de plus de bonheur que dans

les siècles qui se sont succédés depuis sa naissance jusqu'à nos jours ; la FRANCE, dis-je,
s'honore d'une institution récente, qui sera
mémorable à jamais ; institution sublime,
éclose du génie héroïque de notre auguste
EMPEREUR, qui s'élève à toutes les sortes de
gloire, et qui s'immortalise par elles. Ce sont
les prix décennaux !

Ils seront décernés aux hommes qui jouiront
de connaissances heureuses, vastes, élevées ;
qui auront les dons du génie, et se seront déjà
illustrés par de brillans succès.

Mais pour acquérir ces connaissances, pour
exercer ce génie, pour obtenir ces succès , sur
quel océan ne faut-il pas témérairement s'élan-
cer ? Hélas ! ignore-t-on de combien d'écueils
imminens et affreux, ce redoutable élément est
semé ? Combien ses flots amoncelés, se combattent et se détruisent mutuellement ? Combien, et trop souvent, les orages, les vents
déchaînés, les tempêtes y causent de nombreux

et déplorables naufrages ? Ces désastres naissent
du soufle aussi violent qu'empesté des ligues,
des cabales , de tous les ressorts dont use
l'envie , horrible monstre , hydre exécrable ,
qui s'opposera victorieusement aux nobles
effets des prix décennaux, à leur glorieux ac-
complissement, tant qu'elle ne sera pas com-
battue, atterrée, anéantie, cette fille des enfers,
cette Gorgone , mère du mal , destructive
des élans , de la magnanimité du génie; destructive du génie lui-même , qu'elle étouffe
dans ses bras par son venin détestable , par ce
venin qui excite et porte aux plus hauts degrés
d'effervescence , l'effroi , l'indignation , et la
juste vengeance de l'humanité.

F I N.

TABLE.

—

Fin de la Table.

www.ingramcontent.com/pod-product-compliance
Lightning Source LLC
Chambersburg PA
CBHW060832250626
47162CB00005B/2040